JN131368

CONTETNTS

wind rust

旋風のルスト2

～逆境少女の傭兵ライフと、無頼英傑たちの西方国境戦記～

美風慶伍

BRAVENOVEL
ブレイブ文庫

あらすじ

ある夜、フェンデリオル国上流階級の高家の一つモーデンハイム家の御令嬢エライアが失踪する事件が起きる。

時はめぐり、17歳の駆け出し傭兵の少女エルスト・ターナー（以下ルスト）は若輩の傭兵による森林警備任務に従事していた。だが虚偽内容から予想外の山賊の襲撃が起き警備部隊は窮地に。この危機を脱したのはルストの機転と才覚だった。

ルストは〝職業傭兵〟として病身の母を養っていたが、傭兵の師であるギダルムの計らいで国境地帯哨戒偵察の隊長の任務を拝命する。

問題傭兵のドルスに悩みつつ敵国トルネデアスの偵察部隊を撃破する成果を得るルスト。隊長任務を成功させたルストは暗殺の危機をドルスに救われる。

恩人の彼を酒で労おうと華麗なドレスを纏《まと》い約束の夜に酒場に現れる。だがそれは罠で、ルストを男性たちの前で晒し者にする企てだった。感謝の思いを踏みにじられたルストは憤慨しドルスに決闘を挑む。傭兵同士の熾烈な勝負の結果、ルストは勝利し傭兵としての二つ名『旋風のルスト』の名声を得た。

対して、矜持をへし折られた敗者ドルスは、亡き戦友の墓参りを経て過去の蹉跌と己の間違いを見つめ直し、イチからやり直すことを誓うのだった。

人物紹介

エルスト・ターナー

傭兵の街ブレンデッドを拠点に活動する17歳の2級傭兵。非力ながら洞察力・判断力に優れ、精霊科学武器・精術武具を巧みに扱い男性たちを相手に一歩も引かない。故郷に病身の母を残しており、その治療費を稼ぐため傭兵をしている。黒いスカートドレス風の傭兵装束がトレードマークの銀髪翠眼の美少女

ルドルス・ノートン

元正規軍兵で大隊長経験者。汚名を着せられ軍を心ならずも辞任。以来落ちぶれていたが、ルストとの出会いを経て再起する。刀剣術の達人で銃にも強い3級傭兵

ギダルム・ジーバス

ブレンデッド最高齢50歳の準1級傭兵、飄々とした洒落者でルストを娘のように可愛がる。ルストの傭兵家業の師匠でもある。傭兵歴は20年にもなる大ベテラン

ルプロア・バーカック

さぼり、ちょろまかし、なんでもありの不良3級傭兵。諜報や斥候の名手で暗殺にも優れた切れ者。夏でもマフラーを常用する

ランパック・オーフリー

異邦からの東方人で徒手空拳で戦う武術家。品行方正で良識のある人物であり物静か。ルストに請われて格闘術を教えたことも

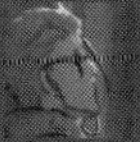

バルワラ・ミラ・ワルアイユ

フェンデリオル西方辺境領ワルアイユの領主。先祖代々の地を護り領民に慕われる良き領主だが、隣接領地と揉め事を抱えて頭を痛めている

アルセラ・ミラ・ワルアイユ

バルワラ候の愛娘で領民にも慕われるご令嬢。母は亡く父だけが家族。優しくおとなしい人柄だが、まだまだ幼さが残る美少女

序幕

メルト村の麦畑にて

フェンデリオルと言う国は東西に広い。
その西の外れの辺境の地〝ワルアイユ〟、肥沃な土地に恵まれ、大地は豊富な実りを住人たちにもたらしてくれる。人々は日々の暮らしの営みにはげみ賢明に生きていた。

だが――

ワルアイユの平穏には暗い影が指しつつあった。

――精霊邂逅歴三二六〇年七月某日――

――フェンデリオル国、西方領域辺境――

――ワルアイユ領メルト村――


ワルアイユ領――

フェンデリオル国の西の果て――

東西に約三〇〇シルド（約一二〇〇キロ）ほどのフェンデリオル国の西の最果てにあり、そこから数シルドほどで国境へと達する土地だ。

戦乱の絶えないフェンデリオルにあって国境沿いと言う位置から領民たちの防衛意識は高い。

農地にも恵まれ、主な産物は芋類に小麦――

さらには地下鉱物にも恵まれ有数のラピス鉱脈が地下に眠っている。

領地こそ小さいものの経済的にも恵まれ、裕福な地方領の一つとして数えられていたのだ。

だが――


西方地方領ワルアイユ領――

そこは苦難の絶えない土地だ。幾度も戦《いくさ》の舞台となっていた。その度に領民たちは故郷を守り、そして再興してきた。領主であるバルワラ・ミラ・ワルアイユ侯の指揮のもとでだ。

だがその様相は、少しずつ異変を見せつつあった。

人々の気づかぬままに——

＊

辺り一面の金色の小麦畑がそこには広がっていた。

浅い盆地状の土地一面には、ワルアイユの主要な農産物である小麦やライ麦などが植えられている。

見渡す限りの麦畑が広がり、その真っ只中を街道を兼ねた農道が続く。そして、碁盤の目のように脇道が縦横に伸びている。

太陽は頭上にあり、その角度から正午にはまだ早い時刻であった。

それらの麦畑は個人所有と領主の所有の農地とがある。個人所有農地は得られた収穫がそのまま個人の物となるもので農家の基本収入となる。対して、領主所有農地は領主が自らの収入とするべく設けているもので、納税の代わりに領民にその農地での農業労働を求めて課すると言うものだ。

領主所有地での収穫はそのまま領主の実入りとなり、労働奉仕をした領民には実質経費分以外には支払われないのが通例だった。強制的な徴税を減免しているのだからそれでいいだろう？　と言うのが領主側の言い分だったのだから。

だが、このワルアイユの領主は違った。

領主所有地で働いてくれた農民には賃金を支払う慣例があるのだ。この時、必要経費も支払われるので所有農地の少ない小規模農家にはとてもありがたい話だった。当然、積極的に働いてくれる者が増えるし、領主側も無理に人集めをしたり、労働を強制させる必要もないので管理が楽になる、なにより収穫も満足のいく結果となる。

領主が強欲ではない限り、領主、領民、双方にとって利益の多い方法だったのだ。

この日も領主所有の農地にて麦畑の手入れに精を出す人々がいた。

その中に若い男女が二人――

若い女性は年の頃一七～八だろうか。腰から下にはパニエを身に着けその上に木綿地の質素な柄の袖なしワンピースを着込んでいる。両腕には農作業がしやすいようにと筒状の袖カバーが着けられていて、腰には布地のベルト、両肩から頭にかけてフード付きのハーフマントを日除けを兼ねて纏《まと》っていた。両足は防水防汚の革ブーツであり、飾り気のない実用本位なものだ。

炎天下で下草刈りに精を出している。赤毛の髪の生え際を汗が流れるが、袖カバーでそれを拭いながら作業に励んでいた。

対して、もう一人はまだ子供と言っていい体格で年の頃は一二くらいだろう。ラフな仕立ての作業用ズボンを穿《は》き、上は袖なしの木綿のスモック、足はサンダル履きで麦わら帽子をかぶっている。

彼は女性が刈り取った下草を拾い集めると一ヶ所に運んでまとめていく。あとで村の藁束集めの当番の荷馬車がやってきて回収する手はずだ。

黙々と人々が働く中で、年下の男の子の方が年上の女性へと語りかける。

「姉ちゃん！　リゾノ姉ちゃん」

二人は姉弟だったようだ。

腰をかがめて下草刈りをしていた姉だったが、弟の声に体を起こす。

「なに？　ラジア？」

「そろそろお昼の支度しない？　他の人達も切り上げる頃でしょ？」

「そうね。休憩所でお昼の準備しましょ。ラジアは先に行って火をおこして。お湯も沸かしてね」

「分かった！」

姉の名はリゾノ・モリソン、弟の名はセラジア・モリソン――この上に兄がいるが今はこの地には居ない。他の地域に出稼ぎに出ているのだ。

「後片付けしたら私もすぐ行くから！」

「わかった！」

姉の言葉を聞くが早いか、弟はまたたく間に駆けていく。

その先には一軒の簡素な平屋がある。メルト村の農地に点在している共同の休憩所兼支度小屋の一つだ。

働くときも休むときも、ともに助け合う。それがフェンデリオル流だった。

弟が走り去るのを見てリゾノは鎌や土鏝《つちごて》と言った道具を拾い集める。そして、道の傍らに置いた布鞄に収めていく。

「ご苦労さま。これからお昼？」

リゾノにかけられる声がある。声変わり前の幼さの残る若い女性の声だ。

「あら、ルセル」

リゾノの前には彼女と似たような服装の女性が佇んでいた。左腕に所有農地で収穫しただろう果実を入れた荷物かごを抱え、右手で五歳くらいの幼い子の手を引いている。名前はルセルと言うらしい。リゾノはルセルに語りかけた。

「きりがいいからね。それに他の人のお昼支度もしないと」

「今、手入れの仕事をしてるのは、ご領主様の農地よね？」

「ええ。この一〇日くらいはずっとこっち。自分のところの農地はあとは収穫だけだから」

「芋畑だっけ？」

「そうよ。馬鈴薯《じゃがいも》と紫芋。芋って、わりとほったらかしでもなんとかなるから。でもこっちは下草を丁寧に取らないとね」

「大変だよね」

「仕方ないよ。一番の換金作物だし。まず小麦が実らないと領主様が困るだろうしね」

「領主様かぁ」

リゾノの言葉にルセルはしみじみとつぶやく。

「自分が蓄えるより、村や領民たちのためにすぐ使っちゃう。それでいて自分たちは質素な館で暮らしてるんだよね。ほんと変わり者だよね。侯族様なのにさ」

ルセルの言葉にリゾノは苦笑いで答えた。

「変わり者は酷いよ。その領主様のおかげであたしたちは暮らしていけてるんだから」

「そうだね」

リゾノの言葉にルセルもバツが悪そうに苦笑していた。

荷物を片付け終えて布鞄を肩にかける。リゾノはルセルに問いかける。

「お昼まだなんでしょ？　いっしょにどう？」

「え？　いいの？」

「構わないわよ。領主様からの施しものだしさ」

「わぁ、助かる～。じゃ支度と後片付け手伝うわ」

「そう？　ありがと」

二人は笑い合いながら歩き出す。そしてその道の途上で語り合い始めた。ルセルが問いかける。

「それで収穫の方はどう？」

「ええ、順調よ。連作での立ち枯れも無いし、水も日差しも順調だから豊作でしょうね」

「あら、良かったじゃない」

ルセルが喜んで見せるが、リゾノは浮かない顔だった。

「でもね、ちょっと不安なのよ」

「え？　なにが？」

「ほら、いつもならそろそろ秋の収穫に向けて買取行商の人が下見に来るでしょ？」

買取行商人──

換金作物を収穫期にまとめて買い取ってくれる大規模商人のことだ。その下見と目利きのために、夏の頃に何度か農地の状況を見分に来る。そして育成状況から収穫の度合いを見極めて、仲卸し業者や麦相場業者へと先売りを仕掛ける。

それは毎年の恒例行事であり、行商買取人の来訪は、村と領地の将来を左右する重要ごとだった。

「あぁ、そうか、もうそんな季節か」
「うん。でも今年はその買取人の人が誰も来ないのよ」
「え？　一人も？」

驚くルセルにリゾノは頷いた。

「年かさのいった人たちも不思議がってるし、村の勘定役の人も困惑してる。こんな事初めてだって」
「やっぱりアレかな」
〝アレ〟──ルセルの指摘にリゾノも頷く。

「考えたくないけど、アイツらかもね」

二人とも不安の原因に心当たりがあるらしい。その不安に苛まれるようにルセルも心中を吐露した。

「実はね、幼子抱えている母親連中も困ってるのよ」

「あぁ、お医者様？」

「うん、巡回医師の人たちが来なくなったの。薬の行商人もワルアイユを避けてるって噂だし――」

二人がそんな言葉を交わし合っていると、ルセルが手を引いていた幼子が咳き込んでいた。すかさずルセルは子供の背中を擦ってやる。

「大丈夫？　お家かえったらお薬のもうね？」

我が子のことを案ずるルセルにリゾノも不安を隠せなかった。

「風邪？」

「うん、ほんとはちゃんとお医者さまに診せたいんだけどね。薬も薬草を煎じた手製のものだから効き目もあまりないし」

親であれば子を守ってやりたいのは当然の事だ。歳の離れた弟を親代わりとして育ててきたリゾノにも、ルセルの不安はよくわかろうというものだ。

「ほんとどうなるんだろうね」

リゾノが思わずつぶやいた言葉に、ルセルも頷くしか無かった。

「二人とも、どうした？」

そんな二人にかけられたのは中年男性の野太い声だった。

「村長！」

「ご苦労さまです」

「おう」

二人の背後から馬に乗って一人の男性が通りかかった。足首の太い農耕用の馬だった。

その上にまたがっているのは股穿きのズボン姿にボタンシャツ。革製のチョッキにつばの無いコットン地のロール帽という実用本位の服装の男だった。足もとには革製のブーツを履き、普段から活発に動き回っていることが感じとれる。

ワルアイユ領メルト村の村長――メルゼム・オードンだ。メルゼムが二人に問うた。

「午前仕事の終《しま》いか？」

「はい。これからお昼支度です」

「そうか、邪魔してすまなかったな」

「いいえ。それより村長も一緒にいかがですか？」

リゾノは村長を昼食に誘った。だがメルゼムは言う。

「いや、これから領主様のところへ行かねばならないんだ」

「ご領主様のところへ？　なにかおありなのですか？」

「いや、取り立ててと言うわけではないがな」

メルゼムはリゾノとやり取りの中で言い淀む。

「すこし今後のことについて話を詰めようと思ったのだ」

そしてメルゼムはリゾノたちを見つめながら問いかけた。

「君たちも今のままでいいとは思うまい？」

その言葉が何を意味しているのか？　分からぬリゾノたちではない。

「もちろんです」

ルセルも子供を抱き寄せながら頷いていた。

そんな二人にメルゼムは告げた。

「納得の行く答えを見つける。それまでは今少し耐えてくれ」

「はい」

「よろしくおねがいいたします」

二人の言葉を耳にして頷きながらメルゼムは立ち去る。

「邪魔したな。ではな」

馬で足早に走り去る村長の姿を視線で追いながら、リゾノは言った。

「私たちも行こうか」

「ええ、そうね」

ルセルも答えを返すと、右手に幼子を抱き上げる。二人は道の向こうの共同休憩所に向かう。頭上には太陽が真上に差し掛かっている。ワルアイユの郷《さと》は昼の安らぎの時間を迎えつつあった。

＊

フェンデリオルの農業の耕作地には、必ず設けられている建物がある。農夫たちの共同休憩所だ。

その謂われは、昔の古い時代には領主による農夫の監視小屋だったものが、時代を経るに連れて変化し、農夫の農作業を補助するための施設へと成立したものだ。農作物の集積倉庫、井戸、休憩施設、トイレなどがまとめられており、複数の農地に隣接するように点在しているのが特徴だ。

その共同休憩所は、丸い形状で藁葺《わらぶ》き屋根をしており、白レンガを積み上げて造られていた。木枠の窓が設けられ、開け放たれている。

心地よい風が通り抜けていて、中では、先程のリゾノやリセルたちの他にも人影が見える。

休憩所の外では男性農夫たちが茶を飲みながら、タバコを燻《くゆ》らせている。

そして休憩所の中では女性たちが話に花を咲かせていた。まさに、井戸端会議ならぬ、休憩所会議だ。

休憩所の中にはレンガ造りの調理用コンロを兼ねた暖炉があり、燃えている薪で昼食用のスープが作られていた。

木製の円形のテーブルが複数あり、その一つに女性たちが集まっている。

リゾノの弟のラジアが先に来ていたはずだったが姿は見えない。不思議に思ったリゾノだったが、休憩所には様々な人が集まっている。気持ちの優しい弟のことだ、誰かに頼まれて荷物運びでもやっているのかもしれなかった。

昼食をパンとスープで終えたあとは、女性たちは話に花を咲かせた。その時の話題の一つは

——


「ルセルさんのお子さん、風邪ですか?」

「ええ、この間、親戚が来たときにその人からもらったみたいなのよ。無遠慮に咳をするから嫌な予感がしたんだけど」

「それやめてほしいわよね」

「ほんと、今のこの村の事情、察してほしいわ」

彼女たちの話題は、子どもたちの病気のことだった。

「風邪だからと軽く考える人がいるけど、子供の居る家では命取りになるのよね」

「ほんとそうよね、ほら、キャベツ農家のトラシアさんのところ」

「あぁ、三番めの子でしょ? 風邪をこじらせて」

「お亡くなりになって」

「鉱山夫のハースさんのところもでしょ?」

「一歳になったばかりの赤ん坊よね」

「医者が居ないからね、この村」

「前は巡回医師が月イチで回ってきてくれてたんだけどね」

「そうそう」

するとと会話の輪に参加している女性の中の一人が大きくため息をついた。

「うちの子も喘息《ぜんそく》の持病があるのよ」

「ああ、上のお子さんよね」

「ええ、下の子は大丈夫なんだけどね。少しでも無理をさせると咳の発作が出るから、一日中ずっと気が抜けないのよ。何かいい薬があればいいんだけど」

「薬屋さんも来てくれないからね」

「ほんと何とかして欲しいわ。うちは皮膚の湿疹ね」

「ソシラさんの息子さんも？」

「ええ、医者も来ない、薬屋さんも来ないから、どういう治療してあげたらいいかさっぱりわからないのよ。姑が聞きかじりで、薬草やら何やら試そうとするんだけどそのたびにひどい発作が起きて全身が真っ赤になるのよ。でも悪気があってやってるわけじゃないから責められないのよね」

「どこも大変よね」

「ほんと、いっそ、よその土地に引っ越したらなと思うわ」

「仕事のあてがあればいいけどさ」

そこにリゾノが語る。

「鉱山労働の人たちはその気になれば他の土地の鉱山で職探しできるけど、私たちみたいな土地持ちの農夫はそうもいかないのよね」

「今の土地を売ってよその場所で新しい農地を買うということも考えられるけど、いい場所が見つかるとは限らないもの」

「それやって、財産なくした人もいるのよ」

農夫の女性たちがリゾノの言葉に頷いていた。

しかし我が子を連れていたルセルもため息をつきながら言葉を吐いた。

「言ってることはわかるわ。土地に縛られてる人たちはなかなかそれを手放すわけにはいかないものね。でも鉱山夫の場合、働き場所を変えるともらえるお給金が下がる場合があるのよ」

「そうそう、契約が変わるから雇用主によってはそれまでの経験を無視される場合があるからね」

「実際、それで生活が厳しくなって、母親が働きに出た人もいたし」

「泣く泣く子供と離れて、遠くに出稼ぎに出た人もいるのよ」

「子供が何人もいるとそれだけは避けたいしね」

農夫であるリゾノは自分の不見識を詫びた。

「ごめんなさい、軽はずみなこと言っちゃって」

「ううん、仕方ないわよ。誰だって隣の芝生は青いと思うもの」

「今のワルアイユなら、誰だってそう思うわ」

「ワルアイユ以外の領地でも似たような状況らしいわよ」

「なんとかならないのかしら」

「本当、救世主でも現れてほしいわ」

昼下がりの午後だというのに夕方の暗がりのように場が沈んでいた。そんな状況にリゾノは力強く言った。

「でも、ご領主様も解決できるように頑張ってくれているわ。私たちも諦めずに頑張りましょう」

「ええそうね」

「私たちが諦めたら、子供たちを守れないものね」

彼女たちは母親だった。命を育み育てる者として諦めるわけにはいかなかった。彼女たちの会話は一旦落ち着いたが、その時、休憩所の外で誰かが会話している声が聞こえた。

「おお、これはこれはお嬢様」

「いつもありがとうございます！」

「ありがたくいただきます」

女性たちは声のする方を振り向いた。休憩所の入り口扉を開けて入ってきたのはリゾノの弟のラジアと、歳の頃一五歳くらいの美少女だった。

「皆様、お疲れ様です」

凛とした鈴の音を転がすような声、その声の持ち主をこの村にいる者なら誰もが知っていた。

「お嬢様!?」

「アルセラお嬢様」

そこに佇んでいたのは色白で愛らしい顔立ちのブロンドの美少女だった。股割れのキュロットパンツにブラウスシャツ、両肩には外出用の木綿地のフィシューがかけられている。

セミロングの金髪を水色の大きなリボンで頭の頂でポニーテールにし、前髪を大きく左右に振り分けていた。歳の割には小柄でいかにもお嬢様な華奢《きゃしゃ》な体つきだったが、その穏やかで優しげな視線が見る者に安心感を与えていた。

アルセラはみんなに話しかけた。

「お仕事ご苦労様です」

そう言いながらにこやかに微笑む。アルセラが話すのと同時にラジアも彼女と共に持ってきた籠《かご》をみんなの前に差し出した。

「これ、お嬢様から施し物だよ」

やや大きめの籐かごの中に収められていたのは、この辺りでは珍しい柑橘系の果実だった。橙色《だいだい》のその実は丸々としていて中身がしっかりと詰まっているのがわかる。

「あら?　オレンジ!」

「すごい、これ南のパルフィア産ですよね？」

「はい!　遠縁の親戚が送ってきたんです。余らせてしまうのももったいないし、オレンジの

実は体の疲れにもいいと聞きましたので」

「ありがとうございます！」

「ありがたくいただきますわ」

そう答えるのが早いか、器を用意すると料理用のナイフで皮を剥き中身を切り分ける。即席のデザートがテーブルの上に並べられた。

「お嬢様、お昼は？」

「いえ、まだです。今日の日中は農園を見て回るつもりでしたので」

「それでしたら一緒にいかがですか？」

「と言ってもパンとスープしかありませんけど」

「ありがたくいただきます」

農夫たちの質素な食事の内容にも彼女は不満一つ漏らさなかった。

「ではこちらへどうぞ」

「はい」

テーブルの席に食事が用意される。もちろんお嬢様の隣にはラジアが腰を下ろしていた。食事前の作法で精霊に感謝の言葉を口にして会話を交えながらの食事を始める。

まずはアルセラが皆に問いかけた。

「この辺りの小麦畑の具合はいかがですか？」

「はい、生育も順調ですし、実も重く立ち枯れてるところもありません」

「このままうまくいけば例年以上の豊作になると思います」

「それはよかったです、春先に水不足が心配されたんですけど、農作物にそれほど影響が残らなかったみたいですね」

「はい、小麦以外の作物も順調に育っています」

リゾノたち村の女性たちの言葉を聞いてアルセラは、嬉しそうに微笑んだ。

「それは何よりですわ。お父様に喜ばしい報告をすることができますわ」

そんな言葉を交わしている中で農夫の女性の一人が不安げに言葉を漏らした。

「あの、アルセラお嬢様」

「はい、何でしょう？」

「申し上げにくいのですが、その――、ご領主様はなぜお姿をお見せになられないのですか？」

その者の言葉をたしなめる者はいなかった。沈黙こそが同意の証拠だった。不安定になりつつある村の状況の象徴として、領主の存在は村人たちにはとても重い現実だったのだ。

さすがにアルセラも言葉が詰まりそうになる。だが、彼女は心得ていた。こういう時こそ、沈黙は避けねばならないということを。

「領主である私のお父様はこの村の様々な問題を解決するために寝る間も惜しんで、様々な方面に足を向けております」

彼女の語る言葉を皆が真剣に聞いていた。

「商人の問題、お医者様の問題、その他にもこの村を苦しめる色々な問題があることは私も重々承知しています。ですがさすがにお父様一人ではこなしきれません。だからこそせめて領内のことだけでも私が見て回らなければならないと思い、可能な限り足を向けようと思っているのです」

その言葉にさらに食い下がるかのように別の一人がさらに問いかけてきた。

「やはり人手が足りないのですか？」

「ええ、申し訳ありません。屋敷の使用人もかなりの数に暇《いとま》を出しているので」

暇を出す――、つまり一時的に仕事を辞めてもらうという意味だ。理由はいろいろと考えられるが、皆心当たりがあり過ぎるのだ。そこで彼女は小さくため息をついた。

「もう少し男手があればお父様の代わりに領内全部を回れるのですけど」

「ああ、それでしたら」

そこでアルセラを励ますかのようにリゾノがあることを提案した。

「お嬢様、私の弟のラジアをお使いください。今日はもう畑仕事も一息つきましたし」

「え、俺が？」

「あら？　なにを驚いているのよ！　それともお嬢様と一緒に歩くのが嫌なの？」

思わぬ問いかけにラジアは慌てて顔を左右に振った。

「い、嫌じゃないです」

こういう状況に年頃のラジア少年もまんざらではないようだ。周囲から思わず笑い声が漏れていた。

「なら決まりね。アルセラ様、そういうことですので遠慮なさらず、うちの弟をお使いください」

「ありがとうございます！　ちょうど午後から村はずれの農業水路を見に行くつもりだったんです。一人で行くより安心できるので助かります」

そうまで言われてしまえば拒否するわけにもいかない。ラジアは力強く立ち上がると答えた。

「分かりました。お供させていただきます」

「ありがとう、よろしくおねがいしますね」

そう答えるとパンとスープを食べ終えたアルセラも立ち上がり、皆に挨拶をする。

「どうもごちそうさまでした。それでは皆様、午後からも頑張ってください」

「はい！」

「お嬢様もお気をつけて」

そんな風に言葉のやり取りをすると、アルセラは一人一人に目配せをして、休憩所の外の男性たちにも声をかけてその場から去って行った。

アルセラを見送り休憩所の女性たちも立ち上がる。

「さ！　それじゃ午後からの仕事始めるわ」

「私たちも家に戻って仕事を始めましょう！」

「ええ、お互い頑張りましょう！」

のどかなメルト村の日常は再び動き出したのだった。

第１章

ルストと曲者傭兵たちの混成部隊

傭兵の少女、エルスト・ターナーは傭兵としてはまだ駆け出しだったが、それでも西方国境地帯の哨戒行動と言う任務において、部隊メンバーとの多少のトラブルや、敵国偵察部隊の討伐戦闘などに遭遇しつつも、初めての小隊長役を無事に成功させた。

そして、彼女の命の危機を救ったドルスを労おうと酒宴を提供しようとするが、ドルスの奸計により恥をかかされる。プライドを傷つけられたルストはドルスに真っ向から決闘を挑みこれに勝利して、傭兵としての栄誉である二つ名を得るに至る。

〝旋風のルスト〟の名を堂々と掴んだルストだったが、彼女にまた新たな理不尽が降りかかろうとしていた――

第４話：新たなる任務とルストの憤慨

あれからドルスは姿を見せなかった。

私は彼と傭兵としての作法に則《のっと》り決闘した。

私が彼を打ち負かし、傭兵としての命である〝二つ名〟を手に入れた。

敗れた彼の本音の片鱗が垣間見え、心を入れ替えたように思えた。

彼が残した「俺が間違っていた」と言う言葉は今でもはっきり覚えている。

しかし今度はよりにもよって、そのドルスの姿が全く見えなくなったのだ。

行き先は誰にも告げていないらしい。心配になりギルド長と一緒に彼のねぐらへと向かったが幸いにして家財道具は残されたまま。ただ少なくとも半月程度の旅仕度をした形跡があった。

つまりはどこかへと旅に出たのだ。

「まあ死んだってことはないだろう」

そうのたまったのはブレンデッドの街の傭兵ギルドの支部長のワイアルドさん。

「そうですよね。あの人結構しぶといし」

そう答えたのは私。この件はあっさり放っておくことにした。

疑問と不安を感じながら小規模な任務をこなす日々が続いたある日の事だった。

朝、六時に起きて身支度して外に出る。それから一時間ほどをかけてトレーニング。

パックさんから教えてもらった〝套路《とうろ》〟と言うサーキットトレーニング。たっぷりと体の中から汗をかき、体の調子を整えてから身支度をして朝食を摂りに出かける。

朝の食事をするのはいつもの〝天使の小羽根亭〟、食べるものもだいたい決まっていた。塩気の強いライ麦パンと、鶏肉をボイルし野菜と和《あ》えたソテー、そこにキノコのたっぷり入った野菜スープ。大抵はこれで済ませる。

いつもの定番メニューで食べ始めた時だった。

「よう、〝旋風〟の！」

肩を叩きながら背後からかけてくる声がある。名前で呼ばず二つ名の方で呼んでくるのは、その傭兵が周りに認められたことの証の一つでもある。

「はい？」

返事をしながら振り返れば、そこには見慣れた顔があった。あ、哨戒行軍任務の時の！　名前は確か――

「マイストさん、それとバトマイさん」

この人たちは、私が二つ名を手に入れるきっかけとなった哨戒任務で部隊のメンバーとして一緒になった駆け出し傭兵の二人だ。その時、隊長である私に許可なく戦闘を行い敵兵を捕らえて捕虜にしてしまった。二人のその身勝手な行動は敵の伏兵の知るところとなり、私はその伏兵に弓で狙撃された。

そしてその時だ、間一髪であのドルスに助けられたのは。結果として生き残ったが、下手をすれば彼らの行動が理由で私は土の下に眠っていたかもしれないのだ。

その時の複雑な気持ちを抑えながら、私は彼らに視線を向けた。

「お、覚えててくれたのか。嬉しいねぇ」

そう言いながら二人は私のテーブル席に腰掛けてくる。冗談めいてニコニコとしていたが、私は彼らの表情の中に真剣な何かを感じていた。

「何かあったんですか？」

「さすがだな」

「やっぱり隊長するだけの実力あるな」

そう言ってもらえたことが私には地味に嬉しかった。

「実はだな」

二人は周りに人がいないことを確かめながら語り始めた。

「旋風の、お前極秘任務のこと聞いてるか？」

「極秘任務？　いいえ？」

何のことだろう。初耳だ。

「やっぱりそうか」

二人のうちのバトマイが深刻そうに表情を曇らせる。

「実は小耳に挟んだんだが、先だっての哨戒行軍任務、あの時のメンバーが集められて極秘部隊が編成されるって話だ」

「それが私たち？」

バトマイは言葉を区切り真剣な声で告げる。

「ああ、ただし」

「俺たち二人と、あんたは除外されてる」

マイストも眉間にしわを寄せた。

「不可解だがな」

彼らの不満はもっともだった。行軍任務の成果はチーム全体で築き上げたものだ。そこから一部を引き抜くというのは失礼極まりない。そして何よりこのことはさすがに私もカチンと来た。

「私も外されてるってこと？」

そして苛立ちを隠さずに盛大にぼやく。

「またかぁ〜〜」

大きくため息をついて背もたれに寄りかかった。

いつもこうだ。任務を発注する軍部や依頼人の間では女性傭兵というのは忌避されることが多い。特に上級の部署からの任務依頼の場合は珍しくない。任務での非常時にどれだけ対応できるのか？　特に戦闘能力の面において不安を持っているおじさん軍人が古株連中の中に意外に多いのだ。

ましてや私みたいに小柄で年端《としは》のいかない場合は尚更だった。バトマイが私を慰めるように言う。

「まあ気を落とすなって」

マイストも言う。

「そこで俺達が掴んだ情報なんだが」

私は顔を上げて彼らを見つめ返した。

「明日の午後三時、ギルド本部の詰め所の三階奥に表札のない扉が三つある。そのうちの一番右。そこで極秘会議が行われる」

それは値千金な情報だった。私はその言葉の意味を即座に理解した。

「ありがとうございます」

彼らは暗に〝殴り込め〟と言っているのだ。

「お二人は？」

「俺たちはいい。俺たちが外されたのは実績不足だからな」

「大した武功があるわけじゃない」

彼らはまだ経験が浅い。駆け出しと言える範疇だ。彼らは自分達の立場をよくわかってきた。

「それに、〝あの時〟はアンタを危険にさらしてしまった」

そう、私は彼らに罵声で叱責したことがある。無断で戦闘して、無断で敵兵を捕虜にしたときのことだ。その時、敵に襲われかけてドルスに救われたのは周知の通りだ。

「職業傭兵として、自分たちに何が欠けているのか思い知らされたよ」

「だから、俺達のことは気にしなくていい。また最初からやり直すよ」

そう語る彼らの言葉には心地よい潔さがあった。そして意外としたたかだった。

「実を言うと北の街のヘイゼルトラムの方で別の仕事のあてを見つけたんだ」

「そっちに潜り込もうと思ってな」

「そうだったんですか」

私がそう答えれば、二人とも真剣な表情で語る。

「でもアンタは違う」

「隊長役としてしっかりまとめ上げ、しかもあのドルスに勝っている」

「それを外すというのは理屈に合わない」

彼は真剣な表情でそう告げていた。私に降り掛かった理不尽に憤ってくれているのだ。

「ありがとうございます」

私の言葉を受けて満足げな笑みを浮かべる。

「頑張れよ」

「気をつけてな」

二人はそう言葉を残して立ち上がると去っていった。

彼らの厚意を無駄にしてはならない。私はそう感じていた。

＊

そして、二人からアドバイスを受けたその翌日、七月一六日午後三時のことだ。

私はブレンデッドの街のほぼ中心部にある傭兵ギルド事務局にいた。

マイストとバトマイの二人が私に託してくれた重要情報を頼りに事務局のエントリーホールに足を踏み入れる。その一番奥に会議室や資料室へと繋がる二階階段がある。人目を避けて、そこへと近づいていく。

私は周囲に視線を走らせ注意されないか警戒する。すると何者かからの疑問の視線を感じる。

「────？」

その視線に反応すればそこにいたのは事務の女性の一人だった。あっさりバレたと思ったが、彼女は少しだけ困った表情をして人差し指で上だと示す。

私の右手を縦にしてお詫びを表して階段へと足音をひそめて上っていく。目指すのは三階。建て付けのいい階段を上っていくと、事務室や会議室が並んでいる。そしてそれらのドアの中に三つある表札のないドアの、その一番右に、私は耳をそばだてた。

「いる」

人の気配がする。雑談の声がする。間違いない。

「よし！」

ドアの取っ手を握りしめ意を決してそのドアを開けた。

ガチャッ――。

小気味良い音を立ててドアが開く。その際に集まる視線を覚悟しながら私は中へと飛び込んだ。

「失礼します！」

突然の声に室内の皆が驚いているのが分かる。

広い室内には大きな会議用の長テーブル。その上には我がフェンデリオル国の国土地図が広げられている。そしてその両側と突き当たりに一四ほどの背もたれ付きの椅子が並べられている。その周囲に、先だっての哨戒行軍任務で同行してもらった仲間たちがマイストとバトマイと他一名を除いて揃っていた。

姿が見えないのはやっぱりドルスだった。それ以外の集まっているメンバーを確かめて私は宣言した。

「エルスト・ターナーです！　お伺いしたいことがあります！」

私の言葉に憤りの声を返してきたのは見知らぬ人物だった。

「なんだ君は!?　部外者は出て行きたまえ」

野太く力強い声でそれはなされる。その声の主を私はしっかりと見据える。

そこに立っていたのはカークさんをもっとスリムにしたような男性で、力強い肉体と顎に蓄えた髭が印象的な人物だった。赤い髪と蒼い瞳、正規軍人の詰め襟制服。その肩と胸元につけられた徽章《きしょう》からその階級が中尉だとわかる。

その傍らには細身のシルエットの短い黒髪の女性、正規軍人ではないが仕立ての良い立て襟シャツにズボンと言う出で立ちから傭兵のような気配を感じさせる。おそらくは正規軍人の彼の秘書的役割の人だろう。

正規軍人の彼は私にはっきりと〝部外者〟と言った。反論しようとする私を遮って声を発したのは意外にもプロアさんだった。皮肉るような口調で彼は言う。

「ほらな？　だから言ったんだよ。彼女を除外すると揉めるって」

背もたれ付の椅子にふんぞり返って座っていた彼は、姿勢を正してしっかりと座り直すと私の方に視線を投げながら言葉を続けた。

「誰が見たって部隊長役やってた人間を外すなんて考えられねーよ。それにこいつ諦め悪いぜ」

「しかし、これは決定事項だ！」

プロアはそれ以上反論しない。説得は無理だと思ったのだろう。正規軍人の彼の一方的な言葉に、これは諦めるしかないか――と、私も思った時だった。

「ちょっと待ってください」

そう告げながら私の背後から入ってくる人物がいた。

「遅れてすいません。ルドルス・ノートンです。」

驚いた私は彼の名前を思わずつぶやいていた。

「ドルス……さん？」

「おう」

調子良く、それでいて少し面倒くさそうに彼は私に返事をする。そしてなぜだか彼は私の頭に手を置きながら、こう告げた。

「召集されている人員編成に異議があります」

「なんだと？」

「納得できないって言ったんすよ！」

正規軍人の彼からの反論にドルスは言い返した。

「このメンツを見て疑問に思わないいんすか？　ルストの嬢ちゃんをハブいちまったら誰が隊長やるんですか？　まさかダルムの爺さんにやらせようってんじゃないでしょうね？」

ドルスの言葉にダルムさんも言う。

「それは俺も感じてた。六〇手前の俺にゃ今更隊長役なんて無理だぜ」

そうニヤリと笑いながら告げると私やドルスに意味ありげに視線を投げてくる。以前にもどっかであったやり取りだ。

「そういうこった。三級職の連中は当然として、二級職の連中も隊長としての指揮権は自ら放棄してるか凍結されてるかだ。残る人物はギダルムさんだが、彼は高齢だし、なにより今まで隊長役をやったことがないんだ」

「えっ⁉」

思わず漏れた私の驚きにドルスさんが視線を向けてくれた。

「彼が今までやってきたのは隊長の補佐役なんだ」

意外な言葉を口にするドルスに、ダルムさんが続けた。

「その通りだ。今まで俺より年下の隊長の補佐役しかやったことがねえ。何しろ元は執事してたからな、自分が指揮するよりも誰かを手伝うことの方が俺には性《しょう》に合ってんだよ」

もっともな言葉を並べられて正規軍人の彼は苦虫を噛み潰したような表情だ。彼も彼とて上司から厳命されているのだろう。容易には曲げられない理由があるのだ。そこでドルスが進言した。

「それじゃ、妥協案といきませんか？」

「なんだと？」

〝妥協案〟――その言葉に正規軍人は食いついてくる。ドルスにしてみれば、してやったりという感じだろう。その言葉を逃さずに彼は言った。

「ルストが隊長というのは譲れません。しかしそれだけではそちらのメンツが立たんでしょう。ですからギダルム・ジーバス準一級を隊長補佐とするというのはどうでしょう？」

ドルスの提案に正規軍人の彼の表情が変わった。

「元々補佐役としてならダルムの爺さんも実績があります。そしてこちらとしてもルストが隊長なら納得できる。それでも納得できないと言うなら」

そこでドルスは一瞬言葉を溜めるように息を吸い込むと言葉を吐いた。

「俺はこの件から降りる」

それは脅迫だった。真剣な脅迫。一介の三級傭兵が正面から正規軍人に迫ったのだ。私みたいな小娘のために。ほんの少し沈黙していた正規軍人の彼だったが、意を決した。

「分かった、その妥協案を呑もう。隊長補佐としてギダルム準一級、隊長としてエルスト二級を指名する。それで良いかね？」

場を見回す正規軍人の彼の視線に皆が沈黙で同意していた。

「反論がないので同意したと看做《みな》す」

そして彼の言葉は私へと向かう。

「そういうことだ。失敗は許さんぞエルスト二級」

私は明快な声で答えた。

「はい！　全力で任務にあたらせていただきます！」

私の新たな隊長職が始まった。そして正規軍人の彼はダルムさんにも言う。

「ギダルム準一級、補佐役よろしく頼むぞ」

「お任せください」

全ては決まった。私とドルスは空いている席へと腰を下ろす。

「全員が揃ったようなので始めよう」

正規軍人の彼が自己紹介を始める。革ケースに包まれていた軍人徽章を取り出し私たちに示しながら彼は名乗る。胸元についていた略章とは異なり一四桁の数字が並んでいる。いわゆる識別番号というやつだ。

「フェンデリオル正規軍軍本部、第三作戦司令室から派遣されたゲオルグ・マーガム中尉だ。同行しているのはテラメノ通信師だ。彼女も本作戦に同行することになる」

名前を紹介されて一礼しながらゲオルグ中尉の傍らの女性が名乗る。

「テラメノ・アンクリス通信師です。よろしくお願いします」

彼女が名乗ったのを受けてゲオルグが言葉を続けた。

「それでは早速続ける。今回の任務についてだ」

会議室の中にゲオルグの野太い声が響く。

「今回我々が行うのは極秘査察任務だ。目的地は、ここ」

そう告げてテーブルの上に広げた地図を指し示す。フェンデリオル国領地の西方国境付近。そして指し示した位置にダルムさんが言葉を漏らす。

「そこはワルアイユ」

「知っているのか」

「多少は」

ダルムさんはそれ以上は答えなかった。そういえば以前にも似たようなことがあった。国境の哨戒任務の打ち合わせのさいにワルアイユと聞いて意味深な表情をしていたのだ。

「このワルアイユ領には戦略的にも重要なラピス鉱石の地下鉱脈があり、そのためワルアイユは重要拠点と見なされている。しかしここで近年、ラピス鉱石の横流しが発生してるとの噂が流れている。横流しされた地下資源は国境を越えて敵国トルネデアスへと流れている可能性がある」

その言葉に場が一瞬ざわめいた。

「静粛に、まだ事実と決まったわけではない疑義の段階だ。そこで極秘裏にワルアイユ領地に向かい、この情報が事実であるか確かめることになる。事実が明らかになれば、これを軍本部に報告し然《しか》るべき対応を取ることになる。今から地理関係や日程などについて資料を渡す。この場で熟読して頭の中に叩き込んでもらいたい」

ゲオルグさんの言葉は当然だった。資料は現場へ持ち込めるものではない。情報の流出を防ぐためしっかりと覚えるものなのだ。

私もその常識に倣《なら》いテラメノさんが配布してくれた資料にしっかりと目を通す。

査察対象となる領地は〝ワルアイユ領〟。

領主はバルワラ・ミラ・ワルアイユ侯。

地方領地の中級侯族だった。その資料を複雑な表情でダルムさんが眺めているのが印象的だった。

そしてゲオルグさんが言う。

「何か質問はあるかね？」

別段、質問は出ない。

「なければ打ち合わせを終わる。明日一日を準備日とし、明後日早朝、日の出と同時に行動を開始する。いいな？」

ゲオルグさんがそう告げれば皆が一斉に返事をした。

「はっ！」

その声に頷いてゲオルグさんは会議室から出ていく。その際に私は気になっていたことを通信師のテラメノさんへと問いかけた。

「あの。一つよろしいですか」

「何かしら？」

「テラメノさんは何級ですか？」

通信師――精術技術を使った念話装置を介して、距離の遠く離れた人間同士で念話による通信を行う技術者のことだ。身分としては民間人扱いで、特殊技能者と言う立ち位置だ。フェンデリオルにおいては民間・軍事ともに広く普及している。

彼女が小脇に革鞄《かわかばん》に入れて下げているのが念話に必要な念話装置だろう。厚手のハードカバー本と同じくらいの大きさがある。

その技術には段階があり、下から三級・二級・一級とある。もちろん三級と一級ではその能力には雲泥《うんでい》の差がある。

テラメノさんは言う。

「三級よ？　それがなにか？」

「いえ、ありがとうございます」

私と会話しているテラメノさんをゲオルグさんが呼んでいる。

「お引き留めして申し訳ありませんでした」

「ごめんね。また後で」

彼女はそう言葉を残して去って行く。彼女を呼ぶゲオルグさんが何やら不安げな表情で左袖の内側に視線を落としていた。

皆が時間をおきながら散っていく。隊長として最後の一人になるように私はじっと待っていた。そんな時だ。部屋から出て行こうとするドルスの姿を見つけた。私は駆け寄る。

「ドルスさん」

その言葉に彼が振り向いた。私は彼の言葉を待たずに告げる。

「今回はありがとうございました」

私は素直に礼を述べた。

「ルスト」

彼は少し困ったふうに笑みを浮かべながらこう答えた。

「礼を言われるほどじゃねえ。お前は俺に勝った。お前の実力はあの時嫌と言うほど教えてもらった。ただそれだけだ」

穏やかな語り口で答える彼に、私は尋ねた。

「一つだけ聞かせてください」

「なんだ？」

「ここしばらく、どちらへ行ってらっしゃったんですか？」

私の疑問に彼は答える。

「あぁ、そのことか。別に大したことじゃねーよ。墓参りだ」

〝墓参り〟その印象的な言葉が私の脳裏に響く。

「どなたのですか？」

その言葉に印象的な言葉が返ってくる。

「シフォニア・マーロック」

その言葉に私はドルスが何を思って旅立ったのかわかるような気がした。

「お前に負けて一晩ずっと考え続けた。俺の何が悪かったのか、俺はどうすべきだったのか。そして出た答えをあいつのところに伝えに行ってたんだ」

「それで旅支度を」

「あぁ」

ドルスさんは過去を懐かしむような印象的な表情を浮かべていた。

「フェンデリオルの南方にあいつの故郷があるんだ。一年ぶりに墓参りに行ってきた。南部都市郊外のヴェレスタントと言う街だ。そこの山麓にあいつの墓がある。そしてアイツの墓前で詫びの言葉を言ったんだ」

私はドルスさんに聞いた。

「なんて言ったんですか？」

「『お前をだしにしてすまない』ってな」

そう語りつつドルスさんは苦笑する。

「そしたらよぉ、いきなり雷が落ちてきやがった。あいつが怒ってるみたいにな」

そう語るドルスさんの顔には過去にとらわれているような翳《かげ》りはなかった。

「俺はあいつをいつの間にか自分の心の中で亡霊にしちまってた。そんなんでまともな仕事ができるわけやねえ」

そして少し天を仰ぐようにして語り始める。

「二年前、あいつが亡くなった時、隊長補佐をしていたのは俺だった。武力で劣るあいつを補佐役である俺が守ればいい、そう思ってた。しかしそれは間違いだった。隊長を守りきれなかった俺は、周囲警戒が足りず配慮を怠ったと判断され、降格処分となり三級に降ろされた。正規軍を追い出され傭兵としても自信を持てなくなった俺はヤケになっていた。そんな俺の目を覚ましてくれたのはお前だ」

ドルスさんは私をじっと見つめながら告げてくる。

「ありがとうよ」

「そう言っていただけると嬉しいです」

私も微笑んで答えた。今ならこの人を信用できそうだ。真剣な表情で彼は告げる。

「いいか？　今度の仕事は前回のような哨戒任務とはまるで違う。どんな敵が現れるか全くわからん。自分の身は自分で守れ。俺がお前に隊長役を託す唯一の条件だ」

それは条件というよりも願いだった。仲間を喪いたくない、切なる願い。私はそれを無下《むげ》にはできない。

「心得ています」

私の言葉を耳にして彼は私の右肩を叩くと会議室から出て行く。その背中を私は、いつのまにか頼もしいと感じていたのだった。

第５話：新部隊編成、ルスト再び隊長になる

傭兵ギルドでの極秘会議から明くる日の朝、私はいつもより早めに起床していた。朝日も昇らぬ薄暗い朝方のことだ。査察任務のために出発すれば、毎日早めに起床しないといけなくなるし、なにより少しでも体を任務に合わせる必要があるからだ。

ワンピースのネグリジェの寝間着から簡素なスモック服に着替えて人目を避けて毎朝の鍛錬――。

それを終えると傭兵としてあるべき仕事着姿になる。

傭兵には、その人それぞれにこだわりの姿がある。

正規軍人のように制服が決められているわけではないからだ。

ドルス、ゴアズ、カークと言った元軍人の方たちは大抵が傭兵として標準的なカーゴパンツに野戦用ジャケットの組み合わせを好む傾向がある。無意識のうちに制服と言う考え方を踏襲しているのだとする人も居る。

そうではないプロア、ダルム、パックと言った非軍人の人たちはそれぞれの経歴や得意技能、あるいは単に好みの問題で好き勝手に選ぶ傾向がある。そして私もそうだ。

私の傭兵装束は以下の組み合わせで固めてあった。

足元は通気性のいい灰銀色のレギンスタイツに足には革製のショートブーツ。

内に着ているのは野戦行軍用に仕立てられている木綿と絹の混織の小襟のボタンシャツ、その上に厚手生地のノースリーブのロングスカートワンピースを重ねている。ダブルブレストと呼ばれる二列ボタン仕様で、ゆったりめに仕立てられているから、見た目に反して通気性はいい。

さらにこの上に長袖のボレロや、丈夫な仕立てのメスジャケットを重ねる。そしてその上に、日よけを兼ねるフード付きクロークマントを重ねるのが定番なのは以前話したとおりだ。

炎天下の下では帽子無しでは熱射病で速攻で死ぬ。屋外戦闘をするものなら誰でも分かっていることだが。


小物は、両手には、状況に応じて通気用の穴開きの革手袋をはめる。これに腰の周りにはベルトポーチを巻き、背嚢のザックなどを加える。

このコーディネイトで何着か似たような仕立てのものを用意しておく。そしてそれを着回している。着回しせず毎回のように新しい装束を着てくるのはよほどの金持ち傭兵くらいだ。

まぁそう言うこれ見よがしなのはたいてい嫌われるが。

そもそも任務に出立すれば、その任務を終えるまでは着替えることはできなくなる。だから今日着たのは明日は着ない。一番清潔になっている物を着ていく事にしている。

そして最後に愛用の総金属製の戦杖《スタム》を腰に下げて出来上がりだった。

ちなみに今回はスカートジャケットの上にボレロを着ていくことにした。西方国境付近は寒暖の差が激しい。前回の哨戒行軍任務でも夜はかなりひどい目にあったからだ。暑かったら脱げばいいだけのことだ。

私が住んでいるのはブレンデッドの市街地でも裏町に近いアパートメントが並ぶ辺りだ。傭兵にも収入には雲泥の差がある。一級、準一級の上級職や二級でも固有技能持ちとなればそれなりの収入を得て良い所に住めるが、駆け出しの若卒や、取り立てて名のある武功が無い者は、収入も推して知るべしだ。

女性の傭兵はどうしても武功を挙げるチャンスが得にくい事もあり収入は低い傾向にある。だから市街地の中でも特定の場所に集まりやすい。駆け出し傭兵や、女性傭兵が主に集まった場所は『始まりの街区』と呼ばれている。二階建てでワンルームのアパートがほとんどで、私の家はそう言う場所にあった。

そこから街路を抜けて表通りへと出る。噴水のある広場を通り過ぎ、一番大きい目抜き通りへと抜ける。

通りの両側は憩いの場所や公園となっており、傭兵以外の一般市民たちが集う場所となっている。

その途上、パックさんが朝早くから鍛錬をしている。彼いわく〝功夫《クンフー》〟と言うのだとか。

日の出とともに鍛錬を始め、午前中は可能な限り鍛錬を続ける。午後からは街の若者や子どもたちを相手に格闘を教えたり、市民の困りごとの相談にものっている。農業の繁忙期には近隣の農家の手伝いもしているらしい。

私の戦闘スキルの向上の相談にも、二つ返事で真摯に引き受けてくれた。それからだ、私の戦杖を前提とした戦闘手段を考え鍛錬してくれたのは。この他にもギダルムさんやシミレアさんにも相談したのだが、それはまた別の機会に。

「おはようございます！」

私はパックさんに挨拶する。套路《とうろ》の鍛錬の最中だったが、動きを止めて頷き返してくれる。邪魔をするのも悪いので挨拶も早々にその場を去った。

目抜き通りを暫く行くと三階建て屋根裏付きの石造りの立派な建物が見えてくる。灰色の花こう岩で造られたその建物が傭兵ギルド・ブレンデッド支部の事務局だ。私が昨日、殴り込みをかけた場所だ。入口の扉が開くのは九時を過ぎてからだが、役目柄、昼夜問わずに誰かしらが常駐している。今の時間なら夜間当直の人が仮眠をとっているはずだった。

それを尻目にさらに通りを抜けて、十字路を左に曲がって南下すれば、飲み屋や食堂や宿屋が集まっている場所で、ブレンデッドの街でも最もにぎやかな場所になる。

通りの途中に軍警察の官憲局の詰め所があり、昼夜ともに治安維持に務める憲兵や官憲が常駐している。そしてそれを過ぎてしばらくすれば、行きつけの場所である〝天使の小羽根亭〟にたどり着く。

道端に石造りの街路時計が据えられている。そこに記された時間は七時ちょっとすぎ。天使の小羽根亭が朝食の提供を始める頃である。

両開きの扉を開けて中へと入る。人の気配はすでにしていた。

「おはようございます」

店内に声をかければ、女将のリアヤネさんがすでに出てきていた。

「あら、いらっしゃい」

「はい。いつものお願いします」

「わかったわ。持っていくわね」

「はい」

そう言葉をやり取りするが、リアヤネさんは視線で何かを教えてくれる。リアヤネさんの視線の先には三人の人物が居た。

一人はオダ・ホタル、そして同じテーブルにマオ・ノイル、
二人とも東方人特有の紐で結ぶ前合わせの衣を身に着けている。だが装いの仕立てに細かな違いがあるのは出身地などが理由だろう。マオは東方のアデア大陸本土だが、ホタルはそのさらに東の最果てから、フェンデリオルへと流れてきた人たちだ。

その二人から、少し離れた場所にシミレアさんの姿もある。

三人はそれぞれに仕事を持っているので朝が早い。だから大抵はこの時間には朝食をとっている。

私はホタルとマオの二人に声をかけながらテーブル席に腰を下ろした。

「おはよう」

「やぁ、ルスト。おはよう」

「おはよう」

二人の目の前にはすでに朝食が置かれている。東方国のフィッサールでよく食べられている〝米〟という穀物を調理したもので〝粥《かゆ》〟と言う料理だ。米を水炊きして柔らかくしてある。山菜や干した魚介類や野菜などが入れてあり栄養もある。この界隈にはなかった料理だが、彼女たちが来てから小羽根亭の女将のリアヤネさんに頼み込んで作ってもらったそうだ。ちなみに消化にもいいので深酒して二日酔いのおじさん傭兵にも好評だったりする。

彼女たちとは私がこのブレンデッドに腰を落ち着ける以前からの知り合いだった。傭兵を始めて仕事を探してあちこちを渡り歩いて居た時に街道筋の路上で知り合い意気投合したのだ。それ以来、ブレンデッドで定期的に顔を合わせている。

弦楽器の旅芸人で華のある雰囲気のホタルは、赤い布紐で黒い髪をアップにまとめている。

「早いね？」

マオも利発的な黒い瞳で抜け目なく私を見つめている。

「また任務かい？」

二人は行商人と芸人という仕事柄、いろいろな情報に通じている。私の今回の事情もすでに小耳に挟んでいるはずだ。

「うん。やっと大きい仕事を掴んだんだ」

「聞いたよ。隊長役を任せてもらえたんだって？」

マオが私に問いかけてくる。

「随分、強引にねじ込んだんだってね？」

苦笑しつつホタルが言う。私は答えた。

「だってこの間の偵察のお仕事で功績挙げてるのに、それを無視するんだもん。抗議だってしたくなるよ」

「で、納得させたの？」

ホタルが問うた言葉に、私は頷いた。

「なんとかね。でも、こっちの要求を相手に呑ませたのは私じゃないんだ」

「じゃ、だれ？」

そのマオの問いかけに私は答える。

「ドルスさん。あいつが私が参加して隊長役をやるべきだって主張してくれたの」

その言葉に二人は驚きつつも妙に納得した風だった。

「なるほどそう言う事か。〝ぼやき〟の奴もちゃんと見るところは見てんだねぇ」

「だね、性根まで腐っちゃ居なかったね」

散々な言い方だが、もっともな言葉だった。リアヤネさんが私のいつもの朝食を持ってきてくれる。それがテーブルに置かれて、リアヤネさんが離れるのをまって私は問いかけた。

「それでね、二人にはちょっと聞きたいことがあるの」

「なんだい？」

そう、マオが尋ねてくるが、ホタルはすでに分かっていたらしい。

「もしかして辺境領地の事？　たしかワルアイユだっけ？」

「そこまで聞いてたんだ」

私の問いにホタルは答えた。

「あぁ、昨日の夜、宴席で曲を弾いたんだけど、それが傭兵ギルドとフェンデリオル正規軍のお偉方だったんだ。聞こえないふりして仕事してたら面白いように聞こえた」

おいおい何やってんのよ。機密情報ダダ漏れだろうよ。ホタルは更に言う。

「しかしさ、今度の件で西方司令部から派遣されてきた中尉さんってなんかアレだね」

「アレって？」

「威勢は良いけど、どっか抜けてると言うか偽物っぽいと言うか」

ちょっと、それシャレにならない。ホタルは東方風の緑茶を口にしながら続けた。

「中尉とかの星付きになってから日が経ってないんじゃないかな。下っ端が無理して命令してる感じしたね。酒が入って口が軽くなるとか、もろ下っ端丸出しだしさ」

「あぁ、それならわかる」

腑に落ちると言うか、彼に感じていた違和感はそれだったのだろうか？　ホタルが私に尋ねてきた。

「それで？　何か聞きたいことあったんだろう？」

そうだ。そのために彼女たちを捜していたのだ。

「うん、聞きたいことってのはね、〝ワルアイユ〟ってどんなところなの？」

私は傭兵ギルドや正規軍から出された公式資料や通常情報だけには頼らない。可能な限り自分の手で情報を集めることにしている。公式情報と言うのはアテにならないと言う事を今までにさんざん思い知らされているからだ。何らかの意図があって隠されている事があるかもしれないのだ。自分の目と耳で予備知識を得るのも傭兵として重要な事だ。

「ワルアイユか」

そうホタルが言えば、

「そうだねえ」とマオが言う。

マオはやや不満げに言葉を続ける。

「わるい土地じゃないんだけどね。辺境とは言え農地は豊富で、芋や小麦を中心として採れ高はかなりのものだし、領地内に鉱山もあるから、そう言った利益で結構潤っていたんだ」

「潤っていた？」

それって過去のものだって言ってるんだな。マオは緑茶を傾けながら続ける。

「隣接する大領地にアルガルド家ってのがあるんだけど、ここがタチが悪くてね。アルガルドって言えば商人たちの間では蛇蝎《だかつ》のように嫌われてるんだよ」

マオの表情には深いいらだちが表れている。

「隣接する他の領地を併合するためなら何でもする。悪い意味で上昇志向が強いんだ。政略結婚、御家《おいえ》乗っ取り、使用人の買収、とにかく手段は選ばない。かなりの数の侯族様が被害にあってるって話だ」

私はその話に湧いた疑問を口にした。

「役人の方では何も言ってこないの？」

「言えないんだよ。背後に上級侯族の中でも格上であるミルゼルド家が噛んでるって言われている。家の名前こそ違うが親戚筋にあたり、アルガルド自身がそれを吹聴してるとも言われている。そう言う連中だからな、ワルアイユも隣接しているから何らかの思惑を持っていたとしても不思議じゃないんだ」

「ミルゼルド家が？　あそこの人たちそんな事するとは思えないんだけどなぁ」

私の言葉にホタルが不思議そうに問うてきた。

「ルスト、ミルゼルドの人たち知ってるの？」

「ん？　昔ちょっとミルゼルド家の人と話したことがあってさ」

私の答えにホタルはそれ以上食い下がってはこなかった。マオの話が続く。

「そう言うわけだから。今じゃ商人共はワルアイユを避けてる。あそこと取引したなんて知られればどんな嫌がらせを受けるかわからない。ワルアイユで商売して、他所《よそ》へ行き、アルガルドの息のかかったヤツに難癖つけられて捕らえられたり、利益を没収された奴も居るほどなんだ。そう、〝君子《くんし》危うきに近寄らず〟さ」

商人が一番嫌がるのは権力者に横車を押されて利益を取り上げられる事だ。最悪破産しかねない。

たとえ可能性だけだったとしても、それを忌避するのは当然の行動だった。

「でも、それじゃワルアイユの人たち相当困ってるんじゃゃ？」

「そのとおり。日常生活品はもとより、衣料品や日々の仕事に必要な必須道具、はては医薬品に至るまでそうとう困窮してるって話だ。あたしだってワルアイユに行って薬を売ってやりたいが、その後の商売にどんな影響が出るかわからない。鼻薬嗅がされた役人のせいで関所で身に覚えのない容疑でしょっぴかれる事だってありえる。そう言う場所なんだよ。今のワルアイユって」

理不尽極まりない話だった。ホタルも言葉をはいた。

「商人さんたちがそう言う状態でしょ？　利益や収穫が上がらない所に祭りは催されない。あったとしてもおひねりの一つも飛んでこないことだってある。芸人たちの間でも行くだけ無駄だからあそこは避けようって言う流れになってる。まぁ、アルガルドが無くならない限りは解決しないんじゃないかな」

あまりに酷い実態に私は絶句せざるをえなかった。それでも、もう一つ尋ねておきたいことがあった。

「ワルアイユ領の一番大きい街って？」

私の問いにマオが言う。

「街はないよ、村だけだ。村の名前は確か」

マオは思案しながら続けた。

「メルト村。ワルアイユ唯一の市街地で、ご領主のワルアイユ家の館もあるはずだよ。領主のバルワラ侯が懸命に治めているはずだ」

それにホタルが続けた。

「ワルアイユ家は先代の領主夫妻はすでに鬼籍に入ってて現領主とその一人娘が居るだけね。例のアルガルドの妨害さえなければ領地運営は健全、領民たちの市民義勇兵としての練度もなかなかのものだってさ」

それはとても価値ある情報だった。やはり二人に話を聞かせてもらって正解だった。

「ありがとう、今日の払いは私が出しておくから」

そう告げると二人は満足げに頷いていた。

その時だ。背後から声がかけられる。

「誰か来るぞ」

低めのよく通る声の主はシミレアさんだ。いつの間にか、私のそばに来ていたのだ。

「あとで俺の工房へ来い。武器を見てやる」

「分かった」

「待ってるぞ」

そのやり取りの後にシミレアさんは出ていく。彼と入れ替わりに街の傭兵が数人入ってきた。

マオもホタルも自分の朝食はすでに終えている。

「じゃ、あたしらも行くね」とマオ、

「武運祈願《ウーユンチーユエン》」とホタル。

彼女らはそれぞれに仕事の旅へと出るのだろう。

「またね」

私がそう告げる言葉に二人は手を振って返してくれたのだった。

＊

食事を終え、店に集まってきた傭兵たちと雑談をする。例の任務の事は建前として極秘任務となっているはずだから誰も話題にしない。話題になるのは私がドルスを打ち負かした戦闘術についてだ。

戦杖をあえて長くして、総金属製にして耐久度を上げる。そして円運動を基本として、敵をなで斬りに連続で打ち倒す。それが私が身につけた基本セオリーだ。

戦杖は市民の護身用。そう思われて久しいだけに、私が行った戦闘法は画期的な物だったらしい。

「そういや、知り合いの女性傭兵が、ドルスとの一戦の時に見ていたらしくてよ。教えてほしいって言ってたぜ」

天使の小羽根亭はどういうわけか男性傭兵が客の主流を占める。だが、女性の傭兵も当然居る。ブレンデッドの全体での比率としては男が二、女が一と言うところだ。

あの騒動は店の外でもギャラリーが集まってたから、おそらくその中に居たのだ。

「いいよ、いつでも。あ、でもちょっと長期の任務が入るから、それのあとかな」

私の言葉に場の傭兵たちが色めき立つ。

「お、早速か？」

「派手にやったからな」

「やったな。名前を揚げただけはあるぜ」

皆が嬉しそうに言ってくれる。だが『どこに行く？』とだけは誰も聞かない。傭兵として他の者の機密に触れないのは当然のマナーだからだ。

「ありがとう。絶対に成功させるから」

「おう、土産《みやげ》話期待してるぞ」

そんな風に話している間に、周りに居た職業傭兵たちがカンパをしていた。

紙幣やら硬貨やら両手くらいの大きさの布袋にいっぱい。彼らの心尽くしだ。

実際、こう言うのはとてもありがたい。長期日程の任務だと支度するのにも何かと物入りだからだ。

「餞別《せんべつ》だ」

一番年長の人がそれを私にわたしてくる。感謝の言葉を述べるのは当然だ。

「ありがとうございます！」

「頑張れよ！」

「しくじるなよ」

「生きて帰れよ」

傭兵とは死が隣り合っている商売だ。生きて帰れる確証は常に無い。だからこそだ、傭兵は気の合う隣人を家族のように思いやる。そして、いつか必ず別れるものとして、本音で語り合うのだ。

彼らにとって私はまだまだ目下の妹分のような存在なのだろう。けど私にはその一言一言がありがたかった。

「はい！」

私は彼らに力強く答えたのだった。


傭兵たちと別れて天使の小羽根亭を出る。傭兵ギルドの事務局のある方へと戻ると、そこから目抜き通りに向かい、側の街区へと足を運ぶ。

武器屋、装備屋、食料糧食店、書類代書屋、通信師屋、医者、義肢装具屋、武術道場、語学塾、書店、資料蔵書屋、貸し会議室、精術武具店、骨董品店、質屋、宿屋、不動産屋、差し馬屋、馬喰《ばくろう》、サナトリウム紹介所、葬儀屋――じつに多彩な傭兵稼業に付き物の商売が軒を並べている。傭兵ギルドを拠点として、そこに関わる人々が行き来している。

このブレンデッド土着の傭兵たちの他にも、他地域から流れてくる傭兵たちも居る。各々に得意とする武器を担いで多種多様な人々が行き交っていた。

私は人目を避けるように足早に進むと、街区の脇路地をさらに進みとある建物へとたどり着いた。

漆黒の扉が据えられているが店の名前を示す看板は存在しない。一見すると個人の家にしか見えない。だが私はそれを勝手知ったる風に扉を開けて入り込む。

入ってすぐが丸テーブルが据えられた待合室。壁には様々な武具が見本として飾られている。私以外に客の姿はなく、店の奥に人の気配がする。私は店の奥の工房へと真っ直ぐに足を向けた。

「失礼します。ルストです」

そう声をかけると奥から返事がある。

「来たか」

声の主はシミレアさんだ。待合室の奥は軽工房、その奥に刀剣鍛冶としての鍛冶場や様々な加工機械が並ぶ本工房がある。軽工房が受付代わりであり、本工房がシミレアさんの仕事場だ。

シミレアさんは、手ぬぐいで汗を拭いながら姿を現した。おそらく裏の本工房で作業をしていたのだろう。

普段はトレードマークのようにズボンに薄手の細編《こまあ》みセーターを常用している。ちなみ今は袖なしのシャツ姿で、その上に前掛けを着けている。二の腕や胸板の筋肉がすごいことになっているのは、武器鍛冶職人と言う職業柄ゆえだ。

手頃な背もたれ椅子を私に勧めながら自分も椅子に腰掛ける。

「見せろ」

言葉は少ないが意味はわかる。私が腰に下げている総金属製の長尺の戦杖を出せと言っているのだ。

「はい、お願いします」

ハンマーのように打撃して使う武具である戦杖は意外と消耗が激しい。竿が曲がったり、ゆるんだり、そう言うのは珍しくない。だから細かなメンテが欠かせない。天使の小羽根亭で声をかけられなくとも私はここに来ていただろう。

私から戦杖を受け取ったシミレアさんはそれを手慣れた風に分解を始めながら口を開いた。

「作業しながら話す、そのまま聞け」

私はそれを沈黙をもって聞き始める。

「武器商人界隈の闇の噂話だが、南洋大陸方面から戦闘用の戦象《せんぞう》を仕入れようとしている動きがある」

戦象――聞き慣れない言葉だった。

「〝象〟って知ってるか?」

私は記憶を掘り起こす。

「たしか、南洋系の大陸に住む体の大きな生物だと。高さは二階屋根に届くほどで、長い鼻と牙を持っていて、比較的従順だから使役することも可能とか」

「そこまで知ってるなら早いな」

「むかし、何かの文献で読んだんです」

「そうか」

シミレアさんの手は分解し終えた戦杖のパーツの一つ一つを確かめている。細かなネジはすべて新しいものに替えて、各部品に曲がりや欠けがないかをチェックしている。

「戦象はその戦闘能力よりも、そのシルエットからくる威圧感が大きい。複数並べられて進軍してこられたら大抵の歩兵は音を上げて逃げ出すだろう。なにしろ刀や弓といった歩兵の武器では太刀打ちできんからな」

シミレアさんは竿部分の曲がりに気づいた。修正するか交換するか迷っているようだが、交換することに決めたみたいだ。

「そうなれば戦線は崩壊する。訓練を受けた正規兵やベテラン傭兵ならともかく、市民義勇兵では逃げるより他はない。練度の低い傭兵なら真っ先に逃げるはずだ。そうならんように対策はしっかりと考えておけ」

椅子から立ち上がり軽工房の奥にある旋盤機へと向かう。材料棚に置いてある素材から真新しい金属棒を取りだすと、それを加工すべく旋盤機に取り付ける。

旋盤とは金属や木材を回転させて、そこに刃をあてて効率よく加工する機械だ。店の裏手に水路があり、そこに水車を仕掛けておいて回転力を得ている。水路の流れを操作する水流板に繋がる操作棒を引くと、少しして旋盤機が材料ごと回転を始めた。耳に心地よい切削する音が聞こえる。私はシミレアさんに尋ねた。

「それどっちの話ですか？」

私の問にシミレアさんはシンプルに答える。

「砂モグラ」

〝砂モグラ〟――それはトルネデアス帝国への蔑称だった。今回の任務で向かうワルアイユ領はトルネデアスと国境を接している。関連してくる可能性は非常に高い。

手慣れた手付きで金属棒を適切な長さに加工し、万力に固定してタッピングでねじ切りをする。さらにバリ取りをしてあっという間に仕上げると、組み立て作業へと入る。

作業卓の方へと歩くと、シミレアさんは作業卓の引き出しを開ける。中から一つの刃物を取り出した。

「これを見ろ」

「なんでしょう？」

私がシミレアさんから見せられたのは一本の小刀だった。それも両刃の直剣、刃渡りは三ディカ（一五センチ）くらい。片手用だ。それを私に手渡してくる。

「両刃！」

両刃の直剣は敵の武器、そう言う価値観が私たちフェンデリオル民族には根付いている。どうしても嫌悪感を感じる。

なぜなら、トルネデアスで汎用的に用いられているからだ。被支配時代、トルネデアスの武器で数多の命が失われたのだ。それを未だに忘れていないと言う事でもあった。

「キドニーダガーと言う。キドニーとは南方のパルフィアの言葉で〝優しい〟と言う意味だ。実際には優しいというより〝慈悲〟と言う意味合いが濃いがな」

慈悲、その言葉に私はその裏の意味を察する。戦場で慈悲をかけるとしたら一つしか無い。

「もしかして戦場での〝介錯用〟ですか？」

私の答えにシミレアさんは満足げだった。

「流石《さすが》だな」

「昔、似たような逸話を聞いたことがあります。」

「そうか――、だがそれは戦場だけにとどまらない。元々は船乗りが汎用作業用に携帯していた物だからだ。食事の際の切り分け、固く締まったロープの解き、気に食わない相手への威嚇とかな。だがその便利さから世界中に広まり、軍隊でも軽作業用に所持が進んでいるんだ。それだけに、いざという時に誰が使ったものなのかを特定しにくい。フェンデリオル以外では当たり前に広まっているからな」

私はシミレアさんに問う。

「つまり、出自の特定が難しいほどに広く使われていると言うことですね？」

「ああ、そうだ。それこそ【闇社会】の連中にもな。何しろ簡単に手に入る上に、出自を特定されにくい、しかも殺傷力が高いとなれば、使わない手はないからな」

そして私はある事に気付いた。

「敵がこれを出してきたときは、背後に複雑な事情が絡んでいる、と言う事ですね」

「そこまで分かれば十分だな」

そういい終える頃にはシミレアさんは私の戦杖を組み立て終えていた。各部をチェックして終了だ。

「できたぞ」

「ありがとうございます」

「竿が曲がっていたから強度の高い素材へと替えておいた。重量バランスは変わらないから使い勝手はそのままのはずだ」

その言葉を受けて、私は竿の中程を持ってかるく旋回させた。

「はい、具合いいです」

私の言葉にシミレアさんは満足げだった。

「作業賃はつけておく。任務を終えたら払いに来い」

「いつもありがとうございます」

私の言葉にシミレアさんは頷き返す。そして、念を押すように語る。

「今度の任務について俺も聞きかじったが、腑に落ちない点が多い。くれぐれも気を抜くなよ」

「はい、心得ました」

私はシミレアさんから受け取った戦杖を右腰に下げると力強く答える。

そもそも彼は、フェンデリオルの各地に支店となる店舗兼工房を持ち、武器の材料となる各種素材の業者ともコネがある。そして数多くの弟子を輩出していて、背後に抱えた組織力や情報力は驚くようなひろがりがあった。

もちろん、この事は私以外はだれも知らないはずだ。

正直に言おう。この人が居たからこそ私は職業傭兵を続けられる。私にとって幾人か居る大切な恩人の一人だ。

「気をつけてな」

「はい！」

元気よく返事を返す。丁寧に頭を下げるとシミレアさんの工房を一路あとにしたのだった。

＊

そしてさらに次の日の朝だ。

――精霊邂逅歴三二六〇年七月二七日早朝――

ブレンデッドの街の西の外れ、傭兵ギルドの関連施設である野戦訓練場がある。そこに日の出前に集合との約束になっていた。真っ先に私がたどり着けば、他の人達も遅れずに集まってくる。

正規軍人のゲオルグ中尉も通信使のテラメノさんを連れてやってきていた。

「準備はいいですね？」

私の掛け声に皆が頷く。

「では任地へ向けて出発します。行程は七日間、まずは最初の宿泊地を目指します」

皆が一斉に答える。

「了解」

時は来たり。

「出発」

私の声とともに総勢一〇名の査察部隊は出発した。

幕間１：令嬢アルセラと父の背中

そこは、西方辺境の片隅にあった。

横に長いフェンデリオル領土の西の外れ、国境にほど近い土地を長年にわたり手堅く守ってきた由緒ある土地柄である。

その領地を代々にわたり治めている侯族家系がある。それがワルアイユ家である。


――質素であること、勤勉であること、野に出て民とともに大地を耕そう――


それを家訓として尊ぶ。そんなお家柄であった。

彼らの邸宅は、ワルアイユ領の中心市街地であるメルト村の周辺に広がる耕作農地の傍らにあった。三角屋根の二階建ての比較的小ぶりなマナーハウスがワルアイユ家本邸だ。その建物は今こそ、初夏の風に吹かれながら朝を迎えていた。

そのマナーハウスの二階の片隅の部屋、その家の当主である主人の部屋の次に広い寝室で一人の少女が眠っていた。

天蓋付きのベッドがあり柔らかな寝具に包まれている。

色白でまだあどけなさの残る金髪の美少女で、シルクのネグリジェに身を包んで静かに寝息を立てていた。

部屋の片隅にサイドテーブルがあり、その上にゼンマイ仕掛けの卓上時計が置かれている。針は朝七時を指そうとしていた。

部屋の入り口の扉が軽くノックされ、静かに扉が開く。姿を現したのは一人の侍女だ。清潔なハンドカフスに襟付きのボタンシャツ。木綿の黒のデイドレスに純白のエプロンがつけられている。襟元にはリボンがつけられて、頭には小さなヘッドドレスが添えられている。

その両手にはベッドの上の少女の着替え一式が抱えられている。部屋の中を横切り、着替えを部屋の片隅のロングソファの上に置くと入り口扉と反対側にある大きな両開き窓のカーテンを勢いよく開いた。


──シャッ！──


カーテンは小気味良い音を立てて軽やかに開いた。

「ん──」

朝の光が少女の顔に降り注ぐ。突然の陽の光に少女は顔をしかめながら目を覚まし始めた。

「おはようございます！　アルセラお嬢様」

その声で少女は完全に目を覚ました。

「ん、んん――、おはよう。ノリア」

「ええ、おはようございます。昨夜《ゆうべ》はよく眠れましたか？」

アルセラと呼ばれた少女は体を起こしてにこやかに微笑みながら答える。

「ええ、とてもよく眠れたわ」

ベッドから降りると部屋の中を歩き、部屋の中ほどで彼女は佇む。

「それは、ようございました」

安心したかのように、ノリアと呼ばれた侍女は持参した着替えを再び手に取りながらアルセラのところに歩み寄る。すぐそばのベッドの上に着替えを置いて彼女が仕えているアルセラの着替えを手伝い始めた。

「ご朝食の準備ができております。お父様もおいでになられておりますのでお着替えが終わりましたら顔を洗ってご朝食にいたしましょう」

「ええ！」

背中の紐をほどいてネグリジェを脱がす。速やかに下着のシュミーズを頭の上から着せてボーンのないソフトコルセットを取り付ける。

次に腰回りにパニエで膨らみをつけてペチコートを重ねる。

そしてその上に木綿布の穏やかな仕立てのワンピースドレスが重ねられた。

日常生活のための装いということで、仕上げは穏やかなものであり、質素という言葉が一番似合っていた。

間をおかずアルセラをベッドサイドに腰掛けさせて靴下を穿かせる。膝上ほどの長さの純白の靴下を穿かせ、裾を白い紐で結い上げた。さらに髪をブラシですいて、用意しておいたリボンでキラキラと光る金髪を後頭部で結い上げた。

仕上げに着ているものの着こなしを調整して終わりだ。

「お着替え出来上がりました」

「ありがとう、ノリア」

にこやかに微笑んで立ち上がりながら礼を口にする。

女性にしては比較的背丈のあるノリアに対して、少女であるアルセラの方は背丈はまだまだ子供と呼んでいいほどの背丈の低さだった。

「では、ご準備をしておきます。ブレックファストルームにて、お待ちしておりますね」

「ええ、すぐに行くわ」

「承知いたしました」

そう答えてノリアはその寝室から出て行く。後を追うようにアルセラも出て行った。

少女の名前はアルセラ・ミラ・ワルアイユ、

侍女の名前はザエノリア・ワーロック、

家族のように強い信頼関係で結ばれた二人だった。

部屋を出て階段を降りて玄関ホール脇のディナールーム兼ブレックファストルームにアルセ

ラは入っていく。すでにテーブルの上には食事が並べられ、細長いテーブルの突き当たりの上座の席には白いボタンシャツに落ち着いた色のスカーフタイ、そしてダブルブレストのチョッキを身に着けたのは一人の初老の男性だった。髪の毛はアルセラと同じブロンドだ。

「お父様、おはようございます」

アルセラがにこやかに微笑みながら声をかければ、この館の主人であるアルセラの父親も口元に笑みを浮かべた。

「おはよう、アルセラ。さ、席に着きなさい」

「はい」

アルセラは父親の隣の上座に一番近いところにある席に腰をかけた。

二人はまずは朝のお祈りを捧げる。精霊を尊ぶフェンデリオルにおいては、祈りを捧げる相手は自然界の四大精霊だった。

両手を組み合わせ頭を下げて黙礼する。お祈りが終われば朝食の始まりだ。

朝食は質素なもので、ライ麦パンにコーンポタージュスープ、蒸したジャガイモに、肉入りのプディング、カットされた果物が複数あった。それらを取り皿に分けてもらいながら朝の食事が始まる。

「お父様、久しぶりですね。こうして一緒に朝食をいただくことができるのも」

娘からのしみじみとした言葉に父であるバルワラは少しすまなそうな表情で言葉を返した。

「久しく、ワルアイユから離れていたからな。だが当面はまだこちらにいようと思う」

「そうなのですか？」

アルセラは思わず表情を明るくして言葉を弾ませて答えた。

「ああ、州政府とのやり取りも一段落したからな」

「ありがとうございます、お父様」

「はは、礼を言われるようなことではないのだがな」

そこに侍女長であるノリアが言葉を添えた。

「それだけお嬢様におかれましては、お父上様と一緒にいる時間が価値あるものだと言うことなのだと思います」

「はい」

「そう言ってもらえると私としても嬉しいものだな」

するとドアがノックされて開いた。

「失礼いたします」

現れたのは幾分背の高い老齢の男性だった。

ズボン姿に燕尾服《テールコート》姿と言う、上級の男性使用人としては定番の服装の、バルワラに仕える執事のオルデアだった。

「オルデアか」

「はい、旦那様。本日のご予定に関してお話ししたいことが」

「構わん。話しなさい」

「はっ」

オルデアは、ちらりとアルセラの方に視線を向けて軽く会釈をする。その上で自分の主人に向けて今日の予定について語り始めた。

「本日は近接領地のセルネルズ家に赴き、ご昼食の会食をなさりながらセルネルズ家ご当主様と会談の手筈となっております」

バルワラ侯は右手に黒茶の入ったティーカップを手にしながら尋ねた。

「出発は？」

「はい、こちらを午前九時のご出発を予定しております」

「分かった。支度の方は頼む」

「承知いたしました」

会話を終えた流れでバルワラは視線を娘のアルセラへと向ける。するとそこには、やはりと言うべきか少し寂しげにしょげている娘の姿があった。

「すまんなアルセラ、なかなか一緒にいる時間が作れなくて」

「いえ、仕方ありませんわ、お父様。お父様のご事情はよく存じております」

その言葉は半分やせ我慢だろう。心の奥には寂しさを押し込めているのだと父であるバルワラは理解していた。

「代わりに、セルネルズの市場で何か菓子でも買ってきてやろう」

「本当ですか？」

「ああ、セルネルズでの用件が済めば当面の間は出かける予定もないからな」

「ありがとうございます。楽しみです」

「うむ」

そして会話はアルセラ自身のことになった。

「時に聞くが、アルセラの今日の予定はどうなっているかね？」

そう父に問われたアルセラだったが、なんと返答してよいのかわからず彼女はうつむいてしまった。不思議に思いバルワラはオルデアに尋ねた。

「どうしたのだ？　アルセラの教育状況はどうなっている」

そう問われてオルデアは神妙な面持ちで答える。

「は、お嬢様の教育方針をお決めになるのは代官のラムゼー様のお役目なのですが――」

オルデアがそこまで話したところでバルワラは何かを察した。

「アルセラの教育に熱心でないということか」

「は、家庭教師《ガヴァネス》のご用意も不要不急であるとして、なかなか首を縦に振りません」

その事実を聞かされてバルワラもさすがに渋い顔していた。

「そんなことがあったのか。ラムゼーの奴め何を考えている？　私が頻繁に館を留守にしていることが多いとはいえ怠慢ではないか。いや、そのことで気づかなかった私の責任でもあるな」

バルワラは娘に視線を向ける。

「すまんな、アルセラ」

　すると傍らで控えていたノリアが言葉を添えてきた。

「ご安心ください、代官様に代わり、私どもが可能な限りお嬢様のご教育について、お力添えをさせていただいております」

　オルデアも語る。

「はい、不肖、私やノリアや、あるいは村の学問に詳しい方をお招きしてご教育に不足が出ないように常日頃から心を砕いております」

「そうであったか。よくやってくれた。それならばこれからは、お前たちがアルセラの教育方針について優先的に決めて構わん」

「よろしいのですか？」

「ああ、いかな代官といえど不熱心である者を支持するつもりはない。ラムゼーが何か言ってくることがあれば私の名前を盾にして拒絶して構わん」

「はっ」

　そしてさらにバルワラは娘のアルセラに告げる。

「アルセラ、特に予定がないというのであれば、私の代理をしてもらえないか？」

「お父様の代理ですか？」

「ああ、村の見回りをしてほしいのだ。私が不在の間に村のあちこちで一体何が起きているのか？　つぶさに調べて報告して欲しいのだ。このところ、目が行き届いて居なかったからな」

アルセラは父に役割を命じられて不意に表情を明るくした。

「分かりました！　是非やらせていただきます！」

「うむ、できれば重要な出来事の報告については、書面にしたためて私に提出してくれ」

「はい！」

さらにオルデアが言葉を添えた。

「お嬢様の外出ということであれば付き添いになる者をご用意いたしましょう」

「たのむぞ、さすがにアルセラ一人では物騒だからな」

「は、頼りになる良識ある者をご用意いたしましょう」

侍女のノリアも嬉々として告げた。

「私も小遣い役として出来る限りのお力添えをさせていただきます」

「うむ、二人とも頼むぞ」

「はい！」

そして、朝食を終えてアルセラは言葉を添えて立ち上がった。

「ごちそうさまでした。それでは私、外出の準備をしようと思います」

「ああ、気をつけてな」

「はい！」

そしてアルセラはノリアを連れてディナールームから去って行った。

アルセラが姿を消した後で、バルワラはオルデアに告げた。

「お前たちには、不便と手間をかけさせて本当にすまない」

「いえ、ご領主様とそのご家族の日々の暮らしを守るのは使用人たる我々の務めです。お嬢様のご教育は我々が責任を持ってお支えいたします」

「頼むぞ」

「は」

オルデアは胸に手を当ててうやうやしく頭《こうべ》を垂れた。ノリア以外の侍女が現れアルセラの食事を片付ける。そしてその侍女が姿を消した後でバルワラたちの会話はさらに続いた。

「時に聞くが、オルデア。代官であるラムゼーの勤務態度はどうなっている？」

「は――」

主人に問われてオルデアは神妙な面持ちで事実を告げた。

「代官様は最近になり特に職務怠慢と言って差しつかえのない状態にあります。お嬢様の教育の状況などはその最たるものです。私用による外出も特に多く、私共に何も告げずに出かけることもしばしばです」

オルデアが語る現実にバルワラは表情を固くした。

「やはりそうであったか」

「旦那様もそう思われていました」

「うむ、不在にすることが多いとはいえ、私のところに回ってくる書類や人づての噂話など色々なところから情報は入ってくるからな。私が不在時にやっておかねばならない事をやっていないとなれば、その支障は必ず現れる。それでその当人は今どうしている？」

「は、理由を告げずに外出するとだけ申されて……。明日には戻られるかと」

「そうか」

バルワラは深くため息をついた。

「金銭と資産管理には非常に優秀であったから多少のことは目を瞑《つむ》ってきたが、ワルアイユが困難に見舞われている現状ではもはや看過できん」

「では？」

「本人を交えて問いただすより他はあるまい。今日、セルネルズに赴くのはそのことも関係しておるのだ。代官のラムゼーについて話したいことがあるというのでな」

「そういうことでしたか」

「さて、私も外出の支度をせねばな」

そう言葉を残してバルワラもその部屋から去って行った。

＊

バルワラは邸宅内を自らの書斎へと移動する。そして自らもセルネルズへの外出のために必要書類や文書などの整理と準備を始めた。

広い部屋の壁際には壁一面を占める大型のガラス扉付きのキャビネットが鎮座している。

棚は三列になっていて右と左の列が書類や蔵書棚になる。真ん中の列が、家宝となる精術武具『三重円環《さんじゆうえんかん》の銀蛍《ぎんけい》』や、領地支配の証明となる領主拝命証、ワルアイユ家の紋章が彫られた銀盤鏡が収められたガラス製の鍵付きキャビネットだ。

それを背にしてバルワラが政務を行う木製の大型机が据えられていた。

主だった書類を手提げカバンに詰めると出発の準備は終わる。

「さて」

バルワラが歩き出そうとしたその時だった。

「失礼いたします、お父様いらっしゃいますか？」

「アルセラか、どうした？」

扉を開けて入って来たのは娘のアルセラだった。

「いえ、出発前にご挨拶だけでもと思いまして」

「大丈夫だ、今日は昼過ぎには戻る予定だ。出かけたきりにはならんよ。それより」

バルワラは机の脇を回り込んでアルセラのそばへと歩み寄る。そして愛娘の頭をそっと撫でてやった。

「すまんな、なかなか一緒に過ごす時間を作ることができなくて」

「いいえ、お父様の仕事が今、大変難しい局面にあることは娘としてよく存じています。お怪我をなさらないようにご無事でいて欲しいと思うのです」

「ああ、分かった約束しよう」

バルワラは自らの娘にしっかりと告げる。この邸宅の中にバルワラの妻であるはずの女性の姿はない。まさに父一人子一人なのだ。

「私が、できることであればできる限りお手伝いいたします、お父様」

「ああ、領内見回りの件よろしく頼むぞ」

「はい！」

父の言葉にアルセラは満面の笑みで答えた。

その時だ、アルセラは父の机の上に置かれている手のひらより小さい写真立てのような額縁に目が行った。そこに描かれていたのは初老の男性の細密肖像画《ミニチュアール》だった。

「お父様、この方は？」

「ああ、それか。私が二〇年来お世話になっていた恩人だ」

「恩人ですか？」

「うむ、私の父、つまりお前のお祖父《じい》さんの親友だった人物で私も子供の頃から大変世話になった。一〇年前くらいまではここまで時々顔を出していたんだが、ここ最近はたまに手紙が来る程度だ。元々はワルアイユの隣接領地で執事をしていたんだが、領地の乗っ取りに遭い執事を辞めてしまった」

アルセラは神妙な顔で問い返した。

「その方は今どこに？」

「西部都市ミッターホルムに近いブレンデッドだ。今は職業傭兵を務めているという」

物を思う父の表情にアルセラは問いかけた。

「お父様、もしお会いできるなら私もその方と是非お話をしてみたいです」

「そうか。そうだな、もしその時があればぜひ紹介してやろう」

「はい！」

そして父は荷物を手に歩き出す。

「さてそろそろ行かねばな。アルセラ、留守居役、くれぐれも頼むぞ」

「はい、お任せください」

部屋を出て玄関のホールへと向かう。そこでは執事のオルデアと、侍女たちが待機していた。

侍女たちがバルワラにコートを着せて三角帽《トリコルヌ》を手渡す。左手にカバン、右手には嗜《たしな》みとしてのステッキを手にする。

「では行ってくる」

「いってらっしゃいませ」

執事をはじめとして使用人たちが頭を下げて丁寧に見送った。

アルセラも父を見送ると、使用人たちに声をかけた。

「それじゃ、私も出かけましょう。」

侍女のノリアが微笑みながら答えた。

「それでは本日は私がご同行させていただきます」

「ええ、よろしく頼むわね」

こうして、アルセラは屋内用のデイドレスから、外出用のアクティブな股割れのキュロットパンツへと着替える。父から遅れて一時間後にアルセラも領地内へと出かけた。

西方辺境のワルアイユの時はまだ穏やかに流れていたのだった。

第２章

ワルアイユ領の悲劇、暗雲の村

先の国境地帯の哨戒任務の功績を無視されたルストは、新任務の案件から外されてしまう。だが、若い二人の傭兵に助けられ、新任務の話し合いの場に乗り込み、改心したドルスにも援護されて、ルストは新任務においても隊長として認められる事となった。

仲間たちとも新たな絆を感じつつも、ルストは新任務の調査対象の土地へと足を踏み入れる。

〝西方辺境領ワルアイユ〟

敵国との国境地帯にもほど近く、土地は肥沃で実り多く、地下資源にも恵まれた要衝だった。

ルストはワルアイユにて新任務の領主バルワラ侯の実態調査を始める。

〝地下物資の横流し疑惑〟、果たしてそれは事実なのだろうか？

そしてルストが直面したワルアイユの真実とは――

序文：ルストたち西方中央街道を往く

――西方中央街道――

この道はそう呼ばれていた。

西方都市ミッターホルムを起点としてヘイゼルトラムからブレンデッドを経由して更に西へと向かう。終点はアルガルドと言う土地だが、今回はそこまでは行かない。

軍隊における行軍移動と言うのは効率と速度が物を言う。物見遊山《ものみゆさん》の遊行《ゆうこう》ではない。のんびり景色を眺める余裕はない。途中の道ではほとんど無言だった。

朝、日が昇ると同時に歩き出し、夕方、日没と同時に宿をとる。出発してから安宿に泊まる機会があったのは最初の三日間のみ。残りは、移動日数短縮のためにも街道筋にある〝旅人小屋〟と呼ばれる山小屋のようなものを利用し、食事は携帯保存食と現地調達食材ですませる。

五日目の夜も旅人小屋だった。小屋の内部を見聞し、先客が居ない事を確かめると、役割を分担する。

「バロン、ゴアズ、プロア、ドルスの四名は食材調達をお願いします。残りは小屋内での休息の準備と夜食の支度を」

指示を下すと速やかに動く。傭兵と言えど軍隊組織の一部に変わりはない。効率が重要視される。

食材調達に出ていった四人を見送ると、残りの六人で小屋内での休息準備をする。荷物の整理、寝る場所の割り振り、そして、夜食の調理の準備――

旅人小屋には自炊用の竈《かまど》があり、そこで煮炊きが可能だ。私とテラメノさんが夜食の準備となり、カークさんとパックさんが水の確保、残る二人が荷物番となる。支度をして待っていれば、調達組は意外な獲物を手に戻ってくる。

「どうだ？　でかいの採れたぜ？」

黒鮭《くろしやけ》と呼ばれる大型の川魚を手にしていたのはドルスさん。黒鮭は川と湖を行ったり来たりして回遊している魚で大振りで脂が乗っている。

「こんなものでどうでしょう？」

バロンとゴアズの二人は『ミチバシリ』と言う飛べない鳥。足が早く捕まえるには弓で射るしかない。その点、バロンさんなら大丈夫だろう。

「帰ったぜ」

最後に帰ってきたのはプロア。近場で採取してきたらしい自生の馬鈴薯と、いい香りのする香草が袋詰めになっていた。

「ありがとうございます。出来るまでゆっくり休んでください」

私はそう声をかけて調理を始めた。隊長と言う肩書があるからと言って楽をするつもりはない。皆が等しく力を合わせる。それが私のやり方だった。

程なくして夜食が出来上がる。香草と香辛料を使った黒鮭の切り身の串焼きと、ミチバシリの肉のワイン煮、馬鈴薯は皮を剥き薄めにスライスして塩を効かせて炒める。これにコンソメと乾燥肉でスープを作った。料理が銘々に配られて夜食が始まる。そして、ここで傭兵が夜食のときの決まり文句がかわされた。

「隊長、酒は？」

夜食の席でカークさんが尋ねてくる。私は皆に向けて答えた。

「革グラスに一杯まで」

これは職業傭兵や正規軍人が野営をするときに、かわされるお約束の言葉だった。

革グラスとはフェンデリオルで傭兵や兵士が現場で持ち歩く折りたたみ式の革製コップだ。それに一杯までなら飲酒を許可するという指示の意味だ。実は、その言葉が出るということは、その日の任務内容に問題がなく、この後は就寝まで体を休めることが出来るという事を示していた。場に安堵の空気が流れ出す。私はゲオルグさんに視線を送る。乾杯の挨拶を求めて。彼は宣言する。

「乾杯《トーストン》」

その言葉とともに食事が始まる。なにげない団らんの後に早めの就寝。ここはまだ作戦危険地域ではないから歩哨の必要はない。そして翌日、日の出と同時に行動が始まる。

「正規のワルアイユへの道を避けて、ここから少し進んだ地点から山道に入ります。極秘潜入を果たすためです。古い道ですので、くれぐれも慎重にお願いします」

私の言葉に皆が頷いていた。

山越えをすればその先に待つのが〝ワルアイユ領〟だ。私たちの作戦任務地だ。

小屋の内部を片付けて滞在の痕跡を処分する。そして昨夜の料理の残りで作った携帯食を皆に配布するといよいよ出発となる。

「出発」

私のその声で皆が歩き始めた。

作戦任務地・ワルアイユ領。そこで私たちは苛烈な現実を目の当たりにすることになったのだ。

第1話：ルストたちの潜入調査と深謀遠慮

――精霊邂逅歴三二六〇年八月四日早朝――

――フェンデリオル国、西方領域辺境――

――ワルアイユ領メルト村――


活動拠点であるブレンデッドの街を出立してから七日の行程を経て目的地であるワルアイユ領へとたどり着いた。さらに一日をかけて最終目的地であるメルト村へと到達する予定だ。

私たちの本来の目的は極秘査察、表立って目立つわけにはいかない。

なので、事前に調べておいた脇道のルートで小さめの山越えをする。その甲斐あって私たちは人目につかずにメルト村を見下ろす位置の高台へとたどり着いた。八日目の朝のことだった。

「やっと着いたな」

そうこぼすのはドルスさん。

「順調に移動ができましたからね」

とゴアズさん。

「作戦実行地潜入も、見事なルート取りだったな」

そう褒めてくれるのはカークさん。

「それより、行動拠点どうする？」

とプロア。それにダルムさんが答えた。

「もうちょっと先に材木伐採用の作業小屋があるはずだ。今の時期は使われてないだろう」

なぜそんなことを知ってるのか？　と疑問が湧くが今はあえて突っ込まない。後でじっくり聞くことにしよう。

「わかりました。行ってみましょう」

隊長として行動の採決をする。異論は出なかった。

ダルムさんから教えられた情報も参考にしつつ、私は事前に確かめておいた地理情報も頼りにして目的の場所へと向かう。メルト村の南側、山林地帯があり、そこにダルムさんの言葉通り放棄された作業小屋があったのだ。

木こりなどの森林作業する人たちが作業のための拠点とする場所で簡易的な寝泊まりができるように造られている。新しく別の場所に建て直したのか、それとも林業自体を放棄したのか。

「やっぱり手数が足りてねえのかなぁ」

ダルムさんがしみじみと言う。確かによく見れば辺りの木々も手入れが行き届いておらず無駄な枝も目立っている。パックさんが口を開いた。

「商業として成り立つかどうかの問題でしょう」

「どういうことですか？」

私が振り返り視線を向ける。

「ここまで国境近傍で主要都市から離れているとなると運送するための経費がかかるようになります。そうなれば商品としてそれだけの経費に見合った売り上げがなければなりません」

「高い値段に見合った高級品として売れたかどうかってことか」

ドルスさんの言葉にダルムさんが頷いた。

「その通りだ。ここいらの木々は品質は悪くねえが主要都市から遠すぎて運ぶのに偉い手間を食う。近隣の領地とうまく連携しなきゃ商売にならねーんだよ」

その言葉は言外に周囲の領地と断絶していると言っているようなものだった。

活動拠点として目算をつけていた小屋は確かに打ち捨てられてはいたが寝泊まりできないほどひどいわけではない。入り口に鍵もかかっておらず小屋の中には荷物も置かれていない。所有者がやって来ることもないだろう。

「では、ここを当面の活動拠点としましょう」

私の意見に異論は出なかった。そして何より時間を無駄にしたくなかった。

「小時間の休憩をとります。保存携帯食で朝食を摂りましょう。その後に査察調査活動に入ることにします」

私の言葉に皆が同意する。

「了解」

「わかりました」

「まぁ、異論はねえな」

小屋の中へと入りめいめいに腰を下ろす。履き物を脱ぎ八日間の行程の疲れを落とす。小一時間ほどの仮眠を取る。その間の歩哨と警戒はパックさんが引き受けてくれた。

まずは休もう。すべてはそれからだ――。


そして私たちは目を覚ます。

任務の中で決められた時間だけ休息を取り、速やかに目を覚ますのも必要な技能のひとつだ。

「ん――――っ！」

壁に寄り掛かり腰掛けたまま眠っていた私は思い切り伸びをする。そして立ち上がり身支度を確認すると速やかに小屋から外へと出ていく。

「お目覚めですか」

パックさんが尋ねてくる。

「はい。もう充分です」

他の者達も次々に出てくる。五分もすれば全員が揃う。

「全員揃いましたね。では早速調査活動を始めます」

ここメルト村で調べなければならない事は三つある。

一つ、横流しが発生してると言われているラピス鉱山の状況。

二つ、ワルアイユ領の現領主の状況。

三つ、村の住人たちの現状。

「調査目標のために部隊を三つに分けます」

私の言葉に、全員が視線を向けてきた。

「まずはラピス鉱山の現状確認です」

そして私はあることを思い出していた。

「カークさんがたのような元軍人の方々は、歩兵や下士官時代に主要鉱山の警備をしてたことがあるはずです」

カークさんが、やや驚きながら言う。

「よく知ってるな」

私は微笑みつつも答えなかった。

「カーク、ゴアズ、バロンの三名はカークさんを指揮役としてメルト村近郊のラピス鉱脈の鉱山の調査をお願いします」

「分かった」

三人が同意し頷き返す。そして次。

「次にワルアイユ領の現領主の状況確認です。これはダルム、プロアの両名にお願い致します」

「分かった」

「ああ」

二人ともざっくばらんに言葉を返す。そしてあとひとつ。

「私を含む残り三名はメルト村の現状視察です。ゲオルグ中尉とテラメノ通信師はこちらで待機していてください」

「拠点の維持ね？」

「心得た」

二人が返す言葉に私も頷き返す。

「お願いします」

そして全員を見渡しながら私は告げる。

「何かあればこの地点を集合場所とします。それでは早速行動開始します」

「了解」

「御意」

銘々に言葉があがる。そして速やかに動き始める。

それぞれに散開していく中で、私はドルスに「ちょっと待ってて」と、一言断りを入れながら、プロアを呼び止めた。

「すみません、プロアさんにお願いがあります」

「なんだ？」

私は懐から小さなメモを取り出した。そこには一四桁の数字が並んでいる。

「これをお願いいたします」

「これは一体何だ？」

疑問の声を漏らすプロアに、私は答えた。

「これは認識番号です。これで最寄りの〝正規軍兵站施設〟に向かって物資支給の依頼をしてほしいんです」

「物資支給？」

「はい、今の私たちの中で正規軍の兵卒の認識番号を持っている人は一人しかいません。これでタバコでもお酒でもなんでも構いません。兵站部門に発給をお願いしてもらいたいのです」

「それは構わねえがダルム爺さんにはなんて言えばいい？」

「私から調達を頼まれたとでもごまかしておいてください」

「分かった。急いで走って往復圏内の街道筋に兵站拠点が一つあったはずだ。そこに行ってみる」

「お願いいたします」

「ああ」

やり取りを交わして私たちはお互いの場所に戻った。

私もドルスさんとパックさんを伴いながら歩き始めた。途中、拠点に残ったゲオルグ中尉に視線を向ければ、彼は左袖の内側に視線を向けていた。あからさまに袖の内側に視線を向けるのはこれで二度めだが、思えばしきりに左袖を気にしているような素振りはしていたように思う。その仕草に何らかの意味を感じながらも私は任務へと向かったのだった。

＊

――ワルアイユ領メルト村――


周囲を小高い山に囲まれた盆地状の土地に設けられた村だ。

広い土地の大半は農地で、その片隅に市街区がある。それがワルアイユ領唯一のメルト村である。

総人口数は五〇〇人から一〇〇〇人はいればいいほうだろうか？　規模的には町と言っても差し支えないくらいだ。

村の周囲を堅牢な外壁が囲んでいるが、建築されてから数百年が経っていることや、隣国のトルネデアスとの戦いで破損したり破却されたところもあるため、途切れ途切れになっている。現在では外壁としての機能は果たしていないと言っていい。

遠くから見れば、若い男たちが外壁を構成するレンガを仕分けして片付けているのが見える。再利用して街の建物の建築材料にするつもりなのだろう。

「本当ならあの外壁を完全に修復すれば、戦争の時なんかに立てこもるのに使えるんだろうがな」

私と一緒にその光景を眺めていたドルスさんが言った。その言葉にパックさんが返す。

「それだけ困窮しているのでしょう」

パックさんの言う言葉にワルアイユがどれだけ疲弊しているのかが手にとるように分かった。

だが、この光景だけを頼りに報告書を書くわけにはいかない。さてどうするか――

思案にくれる私をよそに、パックさんは独断で行動を始めた。

「隊長、わたしはこのまま、あの村へと行かせていただきます」

「え？」

やや間抜けな声で返してしまうが、パックさんは堂々としたものだった。

短袍《タンパオ》と呼ばれる詰め襟の東方風シャツに外套マント、背負いの背嚢、そして肩から斜めにかけた大きめの布カバン、それだけが彼の携行荷物だ。彼は立ち止まると振り返り、こう告げた。

「私に策があります」

自信ありげにしっかりと答える彼に私は何かを感じた。私たちは彼から距離を置いて後を追うことにした。

メルト村は村と呼ぶにはかなり大きい。市街区もかなりの規模だ。

縦横に伸びる大通りと、その交差部に中央広場がある。噴水こそないものの誰でも気軽に利用できる水場もあり、水資源には恵まれているのがわかる。

本来ならばその中央広場には市がたち、行商人や大道芸人などで賑わっているのだろうが、地元民が開いている物売り以外には目立った商人の姿は少ない。この辺りはマオやホタルに尋ねた辺りと同じだった。

その中央広場の片隅に石造りの時計台がある。時刻は九時過ぎだ。

さて、パックさんは何を行おうと言うのか？　遠巻きに眺めていれば彼は早速行動を開始した。

もともと彼は無手で戦う流儀であり、武器は一切持たない。所持品や持ち物を工夫すればその風体は行商人となんら変わるところはない。彼はそのまま大通りの中央広場の片隅にて長ベンチに腰を下ろしながら布カバンと背嚢を下ろす。その背嚢をあけて中身を広げる。そこに入っていたのは薬草やそれを煎じた漢方薬の類だ。それも尋常じゃない位に。

「すごい」

私が呟けばドルスが言う。

「考えたな。あれなら怪しまれない」

「普段着だと傭兵には到底見えませんからね」

「だな」

それは異国人であるパックさんの強みだった。

職業傭兵にも外国人はかなりいる。だが、パックさんのような東方のフィッサール人はそう多くはない。それだけに目立つが、逆に傭兵には見えにくいと言う特徴でもあるのだ。

パックさんの状況を見守っていれば、反応はすぐに起きた。早々と村の人々が集まってくる。

集まった人々の中から一人の中年男性が声をかける。

「あ、あんた医者かい？」

不安げな震えるような声。だがパックさんは明確に力強く答える。

「いえ、薬や本草《ほんぞう》の行商をしております。ですが多少でしたら医学の心得もございます。東方の海沿い付近から参りましたので、この辺りの医療とは若干毛色が違いますが、子供の急な発熱の解熱や、心の臓の差し込み、虫下しや、破傷風の薬も持ち合わせております。よろしければ格安でお分けいたします」

そう堂々と答えながら、パックさんは地面に下ろした背嚢から半透明な和紙に小分けに包まれた散剤の薬を多数取り出した。それを目の当たりにした村人たちがざわめき出し、人の数はすぐに増えていく。

その状況に私は思った。

「医者が居ない？」

「らしいな、ちょっとした常備薬も事欠いてるようだな」

「やっぱり噂通りですね」

その光景を目の当たりにしてドルスさんも何かを理解したようだ。そして――

「村の連中がどう動くか別動で確認する」

彼もやる気を出したようだ。

「夕暮れに待機場所で落ち合おう」

「わかりました。お気をつけて」

「お前もな」

そう言い残しドルスさんも速やかに離れていった。よし、私も行動を起こそう。このまま見守るだけではいけない。私は着衣の上にまとっていた外套を羽織り直す。そして東方人風に頭から巻きつけると素顔をわかりにくくする。

「よし」

物陰で準備を終えるとパックさんの方へと歩みを進めた。私が装うのはパックさんのお弟子さんという設定でいこう。そのためには周囲にそれとなく印象づける必要がある。外見は装うのは無理があるから、ここは『言葉を装う』のが最も効果的だろう。

私はフードを目深に被って素顔を隠しつつ、パックさんの母国語で語りかけた。

「師傅《シフ》、抱歉來晚了《バオチイエンライワンラ》」

言葉の意味は『先生、遅れてすみません』となる。それが私だと気づいたのか小さく頷いて私の演技に付き合ってくれた。

「慢的《マンディ》！　已經開始了《イージンカイシーラ》」

こちらはやや怒ったような口調で私が遅れたことを窘めている。このやり取りだけで私と彼が師匠と弟子の間柄だとみなした人もいるようで、不審に思われる事は無いようだった。

「不好意思《ブーハオイースー》」

私が述べたお詫びの言葉にパックさんは頷いた。そして、パックさんの傍らに佇むと彼の即席の医者姿を見守ることになったのだ。

パックさんの傍らで周囲に視線を走らせれば、まだ時間早い頃だと言うのに噂はまたたく間に広がり、一気に人の輪が出来上がる。

そしてそれは、それだけこの村が追い詰められ困窮している事の証拠にほかならない。早速、輪の中から救いを求める人が進み出てきた。まずは親子だ。

頭からフードをかぶった女性が一人の男の子を連れてくる。年の頃一〇歳くらいだろう。手や顔には赤い瘢痕がある。酷《ひど》い湿疹様の症状なのがわかる。子供が意気消沈し、母親も途方に暮れている。それを目にして母親が言うより早くパックさんは症状を口にする。

「湿疹ですね。それも難治性の特異性湿疹でしょう？　塗り薬や内服薬、色々と試しても改善が見られず悪化する、その繰り返しのはずです」

「は、はい」

パックさんの言葉に母親も頷かずには居られなかった。パックさんの手招きに早速男の子を近寄らせ肌の具合を確かめ始めた。

「症状は何年前から？」

「赤ん坊のときから軽い症状は有りましたが、悪くなったのはこの二年くらいです」

「ふむ」

男の子の様子をじっと見ていたが何かを決めたようだ。

「お薬をお出ししましょう。痒みや痛みを抑える薬です。ただし強い薬ですので、痒みの発作が起きたときだけにお使いください」

パックさんはそう告げながら背嚢から紙に包まれた薬を取りだす。五袋くらいを母親に手渡しながら言う。

「まずは一包、お湯に溶かして煎じて飲ませてあげてください」

「ありがとうございます！」

「それと、いくつか注意してください」

「はい？」

症状への注意を伝え始める。薬だけでは治らないもののようだ。

「皮膚を清潔に保つのは必須ですが、意外と見落とすのが洗ったあとです。乾かしすぎると、かえって肌を傷め痒みを強めます」

「乾かさない？」

「ええ、素肌が適度に潤う事が重要です。夏場は直接の日差しも避けたほうがいいでしょう。それと衣類は締め付けの少ないゆったりとしたものを着させてあげるように。寝るときには手袋をさせてあげてください。寝ているうちに掻いた傷がさらなる皮膚炎となります」

「はい、わかりました」

母親が何度も頭を下げてくる。どれほど息子さんの症状に心を痛めていたのかがよく分かるというものだ。そして母親はさらに尋ねてくる。

「あの、お代は」

だがパックさんはあっさりとしたものだった。

る。


「お心持ちで結構です」

その母親が出せる範囲の額しか受け取らなかった。もともとが潜入調査が主で商売をするために来たわけではないから当然だが。何度も頭を下げる母親をよそに、次の親子が進み出てくる。

今度の子はひどく痩せている。寝不足のような素振りもある。母親も疲れ果てているのがはっきり分かる。その様子を見てパックさんは一発で症状を言い当てる。

「喘息ですね？　昨夜も発作が起きたのでしょう？」

その言葉に母親は驚きを隠せなかった。

「はい。そのとおりです」

「しばしば症状が起きていてはお子さんもお辛《つら》いでしょう」

子供はすっかり元気をなくしている。おそらくは症状が出ることを恐れて外で遊ぶことすら諦めているのかもしれない。親としては身を切られるより辛いだろう。そこでパックさんは私に声をかける。

「そこの黄色い封の薬を五封」

「是的《はい》」

背嚢にしまってある薬の中から黄色く染められた和紙に包まれた薬を五つほど取り出す。

「一请讲《どうぞ》」

その包みを受け取るとパックさんは母親に対して説明し始める。

「咳を鎮める効果のある麻黄《マオウ》が処方された薬です。喘息の発作が起きたときに湯で煎じて飲ませてあげてください」

「はい」

その母親は渡された薬をしっかりと握りしめていた。パックさんはさらに諭すように言葉を続ける。

「先程の皮膚炎の方もそうですが、子供の喘息の場合、体質が左右している面もあります。普段の生活もそうですが食事で症状を和《やわ》らげることも可能です」

その言葉に、すでに薬を受け取っていたあの皮膚炎の子の母親も耳を傾ける。

「まずお勧めしたいのが〝百合の根〟です。皮膚や喉に潤いを与え湿潤を維持する働きがあります。この辺りの山林にも自生しているはずです。それと繊維質の多い食事で体に溜まった毒を出すように促すことも大切です。たとえばキノコなども手に入りやすいでしょう。それをスープにして与えてあげてください」

パックさんの言葉を二人の母親は何度も頷きながら聞いていた。マオやホタルによれば今のワルアイユには行商人は立ち寄らないと言う。ならば医師や薬師も同じだろう。子どもたちを抱える親たちにとっては命に関わる問題なのだが、こうした基礎的な知識すら入らない状態なのだ。

「それともう一つだけ」

パックさんは諭すように言う。

「あまり病のことを口にしないことです。病気のことを繰り返し口にすることで、子供に『自分は病気なのだ』と〝暗示〟をかけてしまう結果になります。そうなれば些細な症状でも重く考える様になる」

その言葉に母親たちは、はっとしていた。思うところがあったのだろう。そもそも母親とはなにかと口うるさいものだからだ。

「症状が重くならないように配慮するのは大切ですが、それでは体が衰えるばかりです。そうなっては本末転倒です。症状の浅い、特に必要のないときは健常な子と同じように扱いなさい。体力が付けば症状も軽くなるでしょう」

パックさんから教えを受けて二人の母親は何度も頭を下げながらその場から離れていった。

二人の子供の診察を終えれば、次は一人の老女が進み出る。

杖を手にした腰の曲がった初老の女性。夏場だと言うのに肩にショールを羽織っている。それを見てパックさんが言う。

「ご老婦、冷え性ですか？」

「はい」

申し訳無さそうに老女が答える。もう長年に渡って患っているようだ。

「ご婦人はお年を召されると、体質が変わります。年齢として、不惑を越えて知命に至ると、それに応じて体質が変わるのです」

不惑とは四〇歳ごろ、知命とは五〇歳ごろを意味する言葉だ。そう語りながら薬包の種類を指示する。

「その淡桃の袋を」

「はい」

そして指で示された数だけ取り出してパックさんに手渡す。

「体の冷えもそうした理《ことわり》にまつわるものです。これは自然な営みですので、完全に変えることはできません。まずは、このお薬をお試しください」

「ありがとうございます」

渡された薬を両手で大事そうに受け取る老女にパックさんはさらに告げた。

「体を庇《かば》いすぎるのもよくありませんよ。天気のいい日には少しずつで結構ですから、景色を眺めながら歩いてみてください。体を動かすことで体の内に熱を溜めることができるでしょう」

「はい」

それはいわゆる運動療法だ。薬だけが病を治すわけではないのだ。

医師としての言葉に老女はにこやかに微笑んでその場から離れた。

ついで現れたのは年老いた男性。杖をついているのは先の老女と同じだが、杖への依存度が違う。

「腰痛ですかな？　ご老輩」

「はい、先日、野良仕事をしていて」

「痛めてしまったと」

「はい」

あぁ、あれだ。ギックリ腰。老年の職業傭兵の人でもよく見かける。昔と同じように体が動くと過信しているとなりやすいのだ。

「失礼」

手近な木造りのベンチに腰掛けさせて背後からその背中を触診する。そのほんの僅かな間に症状の急所をつきとめてしまったようだ。

「君、赤い布包を」

「是的《はい》」

背嚢の中に赤い布で包まれた道具入れがある。それを両手でそっと手渡す。

「ご老輩、痛みを止めます。対症療法ですが、しばらくの移動は可能でしょう」

そして背中を出すよう服をまくらせ背骨のあたりを露出させる。まくった衣類を私が持つと道具入れの中から小さな細い針を数本取り出す。

「動かないで。すぐ終わります」

指先でご老人の背筋を確かめると背骨に対して左右対称に針を刺していく。その数、一〇本ほど。その光景はメルト村の人々にも奇妙に映ったようだ。かすかにざわめいている。だが――

「よろしいでしょう」

そう告げて針を抜いていく。抜き終わったあとを確かめて軟膏を塗り込み治療を終える。

「さ、そっと立ってください」

「え？」

「怖がらずに」

そう諭しながら老人の手をにぎると立つように促す。すると――

――スッ――

まるで何事も無かったかのように老人は立ち上がったのだ。

「おおっ!?」

ざわめきが驚きに変わる。それまで杖に頼らなければ一歩も歩けなかった人がスタスタと歩いている。その光景は驚愕以外の何物でもない。

「骨や脊髄を痛めて無かったのが幸いでした。筋肉と神経に触ったのでしょう。温浴をしながら少しずつ体を動かしてください。それとお年を考慮してご無理はなさらないように」

そう告げながら湿布薬を手渡す。今にも寝込みそうだったご老体は矍鑠《かくしゃく》として歩いていった。

そして、最後に現れたのは――

「あの、俺も見ていただいていいですか？」

輪の中から声をかけて来たのは一人の青年だった。歳の頃は三〇歳くらいだろう。家族を養っていてもおかしくない雰囲気だ。だが青年は右足を引きずっていた。なにやら仔細がありそうだ。

「いかがなさいました？」

「鉱山労働をしていて落盤事故に遭ったんです。その際、膝から下の骨を折ったのですが」

「予後が悪いのですね？」

「はい」

話に聞いたことがある。骨折をした場合、骨が繋がるのも重要だが、それ以上に神経や筋肉が元通りに動くことも重要だと言う。傭兵ギルド長のワイアルドさんが傭兵としての現役を退いたのも骨折によって足を痛めたのが原因だった。

「見せていただけますか？」

そう告げると男の人をベンチのところへと誘導する。そして、ベンチの上で不自由な右足の方を出すように促した。

下穿きの股引きを下から解《ほど》いて右のヒザ下を露出させる。そこにははっきりと重いもので引きちぎられたような裂け傷痕があった。そこが折れた場所だろう。患部のある辺りを触れながらパックさんは言う。

「痛みはありますか？」

「はい、しびれるような鈍い痛みがずっと」

パックさんの指が何箇所かを押すがその度にひどい痛みに遭ったように男性が顔をしかめていた。

「やはり、折れたあとの施術がまずかったのですね」

そう告げながらまたあの赤い袋から針を取り出す。

「鋭く痛みますがこらえてください」

「はい」

そう答えつつベンチの上に仰向けになる。対してパックさんは取り出した針を何本も打っていく。膝上のあたりからくるぶしの辺りまで、実に一〇ヶ所くらい。その手つきは速やかで迷いも澱みもなかった。そして数分も経たないだろう。針を順番に抜いていくと軟膏を塗り、もみほぐして股引きを元に戻した。

「体を起こしてください。そして、ゆっくりと足をついてください」

「はい」

促されるままに体を起こして足を地面に触れる。そして意を決するように静かにその腰を上げる。

「いかがですか？」

そう、そっと尋ねれば男性の顔には笑顔が浮かんでいた。

「痛みません」

「ではそのまま歩いてみてください」

「はい」

恐る恐る歩みを始めるが、じきに普通の歩き方になる。そこにはなんの違和感もない。それまでの不自由さが嘘のようだった。

「もう大丈夫ですね。骨を折ったときに神経を痛めたのでしょう。神経の流れが滞っていた場所を針で刺激しました。関節などが固まっていますから、少しずつもみほぐしながら徐々に慣らしてていってください」

「はい、ありがとうございます！」

その言葉に男性は頷くと感謝の言葉を口にした。

「見事ですな」

落ち着いた男性の声が聞こえてきた。

下穿きのズボン姿にボタンシャツ。革製のチョッキにつばの無いコットン地のロール帽、革製のブーツと言う姿の実年男性だ。

「村長」

輪の中から声がする。その一言で彼が何者なのかすぐに分かる。

「メルト村村長のメルゼム・オードンです。助かります、この村においでいただける薬師の方がおられたとは」

歩み寄る村長は右手を差し出してきた。明らかに交流を求めていた。それをどうするのかとヒヤヒヤして見守っていればパックさんは堂々と切り返した。

「薬師の楊《ヤン》と申します。普段は南方を回っているのですがこちらで薬師や巡回医師の方が不足しておられると噂にお聞きしまして足を向けてまいりました」

その場でアドリブで偽名を名乗ると握手で返して無難に乗り切る。

「それはありがたい。噂で御存知の通り、今、ワルアイユでは医師が不足しています。巡回医師もまわってこない。幼子を抱えている母親などは難儀しています。できれば定住していただけるとありがたいのですが」

それは懇願に近い言葉だった。だが村長とてそれが簡単に叶う事では無いことくらい分かっているはずだ。

「申し訳ありませんが、私も巡回先を幾つか抱えております。定住はできません。ですが日をおいてまたお伺いさせていただきましょう」

それだけでも救いだったに違いない。村長の顔に明るさがさしていた。

「その言葉だけでもありがたいです。ぜひお願いします」

村長と、偽名を名乗ったばかりのパックさんがやり取りをしているのを傍らで眺めていると、不意にかけられた声があった。

「あら、皆さん、随分な人だかりでどうなされたのですか？」

耳に心地よい凛とした明るい声。私よりも少し年下の女性に違いなかった。視線をその方へと向ければそこにいたのは年の頃一五歳くらいの女の子だった。

股割れのキュロットパンツに白いボタンブラウス、肩からフィシューをかけている。髪は輝くような綺麗な金髪ではっきりとした顔立ちの中には、愛らしさを秘めた青い目が輝いていた。

「お嬢様！」

「アルセラお嬢様」

お嬢様――、と尊称で呼ばれる彼女は佇まいもしっかりとしていた。周囲の人々の反応から察するにおそらくはこの村のご領主の身内の人間だろう。いわゆるご令嬢だ。

「随分と賑やかですね。何かあったのですか？」

彼女は使用人か領民と思しき少年を連れて通りかかった。メルゼム村長が言葉を返す。

「ああこれは、アルセラお嬢様。実はこの村に来訪してくださった薬師の方がおられたのですよ」

村長の言葉にお嬢様と呼ばれた少女は表情を明るくして言葉を返してきた。

「本当ですか？」

「ええ、こちらの方々です」

村長は右手のひらで私達を指し示す。パックさんが前になり、手と手を水平に重ねる拱手《ごんしゅ》と呼ばれる挨拶を示した。

「薬師の楊と申します。後ろに控えている者は弟子です。まだ修行中ゆえ名乗りは許しておりませんのでご容赦を」

とっさに名乗った偽名をうまく使ったのみならず、傍に控えている私が名乗らずに済むようにうまくフォローしてくれた。この人は想像以上に機転が利くようだ。私も彼に倣い拱手で礼意を示した。

するると今度はアルセラさんの方から私達のところへと歩み寄ってくる。そして立ち止まり、名前を名乗った。

「ワルアイユ家息女、現当主が一女のアルセラ・ミラ・ワルアイユです。遠路はるばるお越しいただき誠にありがとうございます。今は医師はおろか、薬の行商人の方々もワルアイユを避けている状態ですので、こうしておいで頂けるだけでも本当に助かります」

「ご芳名を賜り感謝いたします。私のようなもので良ければ、また日を改めて御伺いたしましょう」

「本当ですか？　ありがとうございます！　たとえ日にちが開いても、またいずれ来ていただけると言うだけでも領民が希望を持てるというものです」

パックさんの告げた再訪の約束の言葉は彼女にも心から嬉しいもののようだ。だが、その彼女の感謝の思いは思わぬ方に向いてきた。パックさんの背後に控えている私の方にも向いたのだった。

「そちらのお弟子さんも、遠路はるばる恐縮です」

問いかけられたことに私も拱手で返した。だがこうなると無言という訳にはいかない。どうするか？　一瞬迷ったが私はある天啓を得てこう名乗ったのだった。

「感謝《ガンシェ》、您的關注《ニンディワンヂュ》」

私はあえて東方の言葉で答えた。素顔を隠しつつ視線でパックさんの反応を窺えば、私の機転の意図するところを察してくれたようだ。小さく頷いてくれる。

かたやアルセラは東方語は慣れてないのか、何を言われたのか当然理解できていなかった。

そんな彼女をパックさんがフォローした。

「彼女は『お声がけいただき、ありがとうございます』と申しております」

「まぁ？　まだこちらの言葉に慣れてらっしゃらないのですね？」

「是的《シーディ》、我習慣了聽《ウオシーグアンラティン》、但我還是不擅長口語《ダンウオハイシーブーシャンチャンコウユー》」

私が東方言葉を話せば、アルセラさんは当然のようにパックさんに視線を向ける。

「彼女はまだこの国の話し言葉は習得途中で話し言葉に慣れておりません。ですが聞くことはできると申しております」

「そうでしたの」

彼女は私に歩み寄ると、私の手をそっと握りしめてくれた。

「あなたの修業の日々に精霊のご加護がありますように」

それは素直なねぎらいの言葉だった。地方領主の娘として細やかな気遣いのできる、まさに良家のお嬢様と呼ぶにふさわしい好人物だった。彼女の人柄を見ていると、噂に聞くワルアイユ領主のバルワラ侯の人柄の良さが忍ばれるというものだ。

「謝謝《シエシエ》」

私も感謝の言葉を口にせずには居られなかったのだった。

その時だ。私とアルセラさんのやり取りを傍から見ていた村の人たちが言葉を漏らしていた。

「いつもながら、心のこまやかなお優しいお方だ」

「あのお父上あってのこの方だな」

「将来のご領主は間違いなく、このお方だろう」

「ああ、献身的な領民思いのご領主になられるだろう」

するとそんな会話を彼女も耳にしていたのだろう。軽くそちらの方を向くとニコリと笑って謙遜するかのようにこう答えた。

「ありがとうございます。でも領主になるにはまだまだ学ばなければいけないことがいっぱいあるのですけどね」

そこで私は彼女に告げる。

「你会成为出色的领主《ニーフウイチオンイチユスディリヂュ》」

パックさんがすぐに訳してくれる。

「『あなたなら良いご領主におなりになられるでしょう』と申しております」

私の言葉に双眸を潤ませて彼女は微笑みながらこう答えてくれた。

「あなたのこれからの日々に四大精霊のご加護がありますように」

その言葉には本心からのねぎらいの言葉が籠もっている。あまりにも優しいその語り口に私は彼女の人柄を感じ取ったのだった。

私とアルセラさんとがそんなやり取りをしていた時だった。足音も大きく駆け込んでくる者がいた。

「お医者様！　お願いします！　子供が！　熱が下がらないんです！」

木綿地の質素な柄の袖なしワンピースを着込み両肩から頭にかけてフード付きのハーフマントを羽織った妙齢の女性だ。日に焼けた赤毛が目立つ純朴な美しさの女性だった。その青ざめた顔や必死な表情から、事態の深刻さが伝わってくる。パックさんはすぐに動き出した。

「どちらに？」

「この先の家です。お願いです！」

「わかりました」

そこまで聞けばあとは早い。広げていた荷物をまとめると、私を連れて走り出す。肩掛けのカバンはパックさんが、背嚢は私が持つ。急なことゆえ、疑ったり不満を口にする者は誰もいなかった。

「先生、お願いします！」

背後からメルゼム村長の声がする。軽く振り向き頷き返して礼をする。

アルセラさんからも声がかけられた。

「子どもたちをよろしくお願いいたします！」

それは領地を支配し領民の生活を守るものとして、口にして当然の言葉だった。それがよどみなく流れてくるあたりに彼女自身の人柄が忍ばれる。

そして私たちはその場から立ち去ったのだった。

＊

先程の村の大通りから少し離れた位置に住宅地がある。農地労働や鉱山労働で働く賃金労働者たち暮らすエリアだ。正確に敷かれた街路があり、その道の両側にひと家族が住むには十分な平屋が何戸も並んでいた。

荒れた石畳の道の上で街の子供達が遊んでいて、道のいたる所に洗濯物を干す紐がかけられている。家を守る女性たちが忙しく日々の暮らしを営んでいる中で、一つの家の前に数人ほどの女性たちが集まっていた。

おそらくは、あそこだろう。

私たちに声をかけてきた女性はその家へと一直線に向かう。そして、家の中へと駆け込むやいなやこう告げたのだ。

「ルセル！　お医者さん連れてきたよ！」

その後を追って家の中へと入れば、さほど大きくない平屋の家の中で一人の子供が顔を赤くして、荒い息で病床に横たわっていた。三人兄弟らしく、残る二人の子は部屋の片隅で不安げにしている。一目でわかるが典型的な夏風邪だった。だが夏風邪でも対処を間違えると命にかかわる。子供であるならなおさらだった。

「病気でないお子さんを外に出してください。看病の方法を決めるまで離しておいたほうがいい」

パックさんは一見すると同時にそう告げたのだ。

「おいで」

家の外から声がする。普段から助け合っているのだろう。近所の女性が預かってくれるようだ。

パックさんは私に荷物を預けると病床の子に歩み寄る。そして腰元から手ぬぐいを一枚取り出すと口元を覆うように頭に巻いていく。そして病床の子の診察を始めたのだ。

「熱はいつから？」

「軽い熱は昨日の昼頃からです。その前から咳やくしゃみはしていました」

「吐き戻したり、下痢をしたりしましたか？」

「吐いてはいませんが下痢は少々」

「便の色は？　白かったりしていませんか？」

「いいえ、ゆるい便ですが色は普通です」

母親に矢継ぎ早に尋ねながら、男の子の襟元を緩めて喉を確かめる。そして、私に命じる。

「背嚢から小刀を」

「はい」

言われるままに探せば、太さ一ディカ（約三・八センチ）程度、長さ四ディカ（一五センチ）程度の小刀がある。鞘に収まったままのそれを手渡せば、パックさんは小刀を抜き、鞘の方だけを使い始めた。

鞘を子供の胸元に当てるとその反対側に耳を当てる。そして息を繰り返すように指示を出す。

「そう、そのままゆっくりと何回も」

おそらくは呼吸で肺の中の音を聞いているのだろう。それで症状の詳細がわかることもあるのだ。

「いいでしょう。そのまま楽にして」

子供に着衣を戻し布団をかけさせてやる。まずは最初の診察は終わりのようだ。母親へと彼は告げた。

「麻疹《はしか》やコロリでは無いようですね。感冒――風邪でしょう。少々重くなりかけですがまだ間に合います」

麻疹もコロリ（コレラの事だ）も子供の命をたやすく奪う恐ろしい病だ。適切な薬や治療があれば別だが、医師の常駐していない辺境地では些細な病が命取りになるのだ。

母親も心配をしていたに違いない。わたしたちを呼んできたあの女性が傍らで肩を支えて励ましている。

パックさんはなるべく刺激しないように言葉を選びながら語り続けた。

「熱風邪ですね、喉の腫れもまだ弱いので煎じ薬を飲ませましょう。それと看病の手はずを整えます」

彼の言葉を耳にして私は先の程の喘息の子に処方した薬を取り出そうとした。だが――

「君、それではない。茶の袋の葛根湯《かっこんとう》を」

「哈《は》、是的《はい》！」

速やかに注意が飛んだ。だが私の動作は彼の視界の外のはずだった。にもかかわらず、よくも気がついたものだと驚いてしまう。

「煎剤是否足够？《薬湯でよろしいですね？》」

「没错《頼む》」

母親に尋ねて茶の道具の準備をする。土瓶を持ち出しそこに適量の薬を入れると水を入れて火にかける。まずは煮出して薬湯をつくるのだ。以前に熱風邪で寝込んだときに、薬の行商人であるマオに作ってもらったことがある。その時の記憶を頼りに作業をする。

薬湯は煎じ終えるまでに時間がかかる。その間にパックさんは寝床の支度をすすめる。窓に近いところに寝具を移動させ、着衣を着替えさせる。そして窓を開けさせ風通しを良くしながら、濡らした布を準備させる。布団は厚めにかけて発汗をうながしつつ、濡らした布で頭を冷やすのだ。

「頭寒足熱《ずかんそくねつ》と言い、熱風邪の治療の基本です」

そして新しい床で横たわる子供が落ち着きを見せ始めていた。治療をされている――と言う現実は患者に十分な安心感をもたらすからだ。薬湯が仕上がるまであと少し。その間にパックさんは看病の要点を告げていた。

「薬がきき始めれば、汗を大量にかき始めます。体を冷やさぬようにこまめに着替えさせてください。それと熱がさがりきるまでは消化の良い食べやすいものを与えてあげてください。汗をかきますから喉の渇きを訴えるので湯冷ましを適時あたえるように」

「はい」

パックさんの言葉に母親は逐一頷いていた。その間にも薬湯はできあがる。土瓶の中から碗に移す。そして子供を起こさせると薬湯をそっと飲ませてやった。あとはゆっくりと休ませるだけだ。薬が速やかに効き始めたのか、薬を飲んだことで安堵したのか子供は早くも寝息を立てていた。その姿に母親の顔にも笑顔が浮かぶ。

パックさんが言う。

「もう大丈夫です。あとは時間が治してくれるでしょう」

その言葉が何よりもの薬だったのである。

当分の間は残り二人の子供達を別のところで寝かせるように教えた。一番困るのは家族同士でうつしあって風邪がなかなか抜けていかないことだからだ。幸いこの家には部屋が何部屋かあり、父親だけ別の部屋で寝ているという。二人の子はそこで寝かせると母親は答えた。

状況が落ち着いたところで私たちを連れてきたあの女性が自己紹介を始める。

「この度は本当にありがとうございました。リゾノ・モリソンと申します」

「ルセル・ウィーベルです。本当に助かりました」

二人は名前を名乗りながら深々と頭を下げてくる。パックさんも礼儀として名前を名乗った。

「楊と申します。お見知りおきを」

名前を名乗りあった後でパックさんが問いかける。

「先ほど、村長さんからもお聞かせいただきましたが、それほどまでに医師や薬師が来訪されないのですか？」

素直な疑問だったが、彼女たちには極めて深刻な問題だった。絞り出すような声で彼女たちが不安を口にし始めた。

「となりの〝アルガルド〟のせいなんです」

「隣接領がですか？」

「はい」

冷静な口調で言葉を続けるのはリゾノの方だった。

「昨年あたりからこのワルアイユに対して執拗に嫌がらせをするようになりました。行商人や巡回医師などに対して妨害を加えるようになったんです」

パックさんはそれに相槌を打つ。

「それで皆が警戒して来なくなってしまったと？」

「はい、生活必需品はなんとか自給してきましたが、医薬品や医者の治療はそうもいきません。子供を育てる母親たちはもう限界だと思ってます」

私たちはそこで背後に強い視線を感じてふと振り向いた。そこにはこの長屋で同じように子供を育てている母親たちのすがるような目線があったのだ。

「この界隈でも、治療が間に合わず乳《ち》飲み子が二人ほど命を落としています。薬の欠乏が続けば犠牲者の人数はもっと増えるでしょう」

そしてその隣でぐっと唇を噛み締めていたルセルも語る。

「ワルアイユでの子育てを諦めて他の土地へと移る人たちも現れています。仕事のあてがあるのならそうしたいのですが、なかなかそうもいきません」

ルセルが両手をぐっと握りしめて言葉を続ける。

「私も子供を連れて実家のある土地へと移ることを夫にも勧められました。でも女一人で子供を連れて実家に戻っても受け入れてもらえるとは限りません、離縁された、出戻りだと噂を立てられたらそこにもいられなくなってしまう。そうなったら終わりです」

そしてさらにリゾノが語る。

「ご領主様も事態をなんとかしようと苦心惨憺してらっしゃるようなのですが」

「思わしくないと」

「はい」

ルセルが言う。

「夫の務めている鉱山でもご領主様がなかなか姿を現さず混乱しているといいます。もうワルアイユ全体が疲れ果てているんです。これで秋の収穫時に農作物の買い付け人が現れないなんて事まで起きたら――」

その先は言わずとも分かる。この村は終わりだ。

リゾノさんは言葉を続けた。

「最近ではご領主様の娘さんでいらっしゃるアルセラ様が領内を見て回っているようですが、その――、正直申し上げて」

そこで彼女は言葉を一瞬詰まらせた。

「お気持ちの非常にお優しい方で人柄は申し分ないのですが、周辺にきちんとした教育係がいないためか、どうしても領主の代理としての振る舞いとなると未熟なところが見られます。こうした医療の問題などについても、自分自身で解決のために動け出せるような才覚と技量は持ち合わせておりません」

「そうですね、これで突然、現在の領主であるバルワラ様にもしものことがあったら。この村がどうなってしまうか、想像するのも恐ろしいです」

「本当に、なんとかして欲しいです」

話から察するに現状は想像以上にひどい代物《しろもの》だったのだ。パックさんが静かに語る。

「私の薬師の繋がりからも、役人に援助をするように訴えましょう。このままではあまりにも悲惨すぎる」

真剣に語るその言葉にルセルの目に涙が溢れていた。

「ありがとうございます」

私は素直に思う。この人たちがここまで苦しめられる謂れがあるのだろうか？　これほどの苦しみをもたらす者のその真意は到底理解できなかった。

重苦しい空気を払うように声を発したのはパックさんだった。

「手持ちの薬の範囲でよろしければ長屋の他のお子さん方も見させて頂きましょう」

「よろしいのですか？」

「えぇ、これも何かのご縁です」

そう口にするが早いかパックさんは立ち上がり背後を振り返る。

「診察を希望される方はおられますか？」

その声と同時に名乗り出る手が挙がる。そして私たちは動き出す。忙しい時間がまだまだ続きそうだった。


治療費として手間賃程度で私たちは済ませた。元々金儲けで医者の真似事をしていたわけではないからだ。

しかしそれでは申し訳ないと帰り旅の途中に食べてほしいとパンや保存食が渡された。

「かたじけない。日を改めてお伺いするといたしましょう」

「よろしくお願いいたします」

結局、一〇人近い子供たちを治療して私たちはここから去ることにした。パックさんのことだ、傭兵としての任務の間を縫って本当に来るかもしれない。この人はそういう人なのだ。

「神農のご加護がありますように」

神農――それはフィッサールにおける医療と農耕の神のこと。

周囲の住民たちが興味ありげに眺めている。いつまでも深々と頭を下げて感謝している母親たちが居る。

ひとまず村から私たちは立ち去ることにした。

＊

集合場所への帰路の途上、わたしはパックさんに医学の心得について問うた。彼は答える。

「かつて武術の修行の中で、体の使い方を熟知すると言う趣旨で、薬学や医学を学んだことがあるのです。あとはこれまでの経歴の中での実践ですね」

「体で覚えたわけですね？」

「ええ、しかし隊長も東方の言葉にご堪能のようだ」

私がアルセラさんと対話する時にとっさに東方語で話したことを言っているのだろう。

「マオやホタルのような東方人と交流が多かったので必要に迫られて学んだんです」

「そうでしたか、それにしても」

パックさんが言葉を詰まらせる。その先は何を言わんとしているかは私にもすぐにわかる。

「何とかしてやらねば」

「ええ、その通りだと思います」

この足で村の中へと乗り込んだことで、悲惨すぎる現実を目の当たりにすることができた。

このまま放置してはおけない――

私は自らの胸の中にそう強く感じていた。

幕間２：ダルム、バルワラ侯と邂逅する

それからアルセラは帰路についていた。

〝楊《ヤン》〟と名乗ったパックたちと別れて、メルト村の領民たちと語らいあったあと、メルゼム村長とラジア少年に付き添われて自宅である邸宅へと戻ってきたのだ。ワルアイユ領主の邸宅はメルト村北側に広がる広大な農地の南東の辺りにある。領主私有農地のほとりに建っているのだ。

庭はほとんど無く、来訪者の馬車の停車場がある程度だ。邸宅の周囲の敷地は生け垣で囲われている。村長が御《ぎょ》する屋根なしの農業用馬車に乗せられて邸宅へと到着した。

「さ、着きましたよ。お嬢様」

「ありがとうございます、村長。ラジア君も同行ありがとうございます」

村長とアルセラのやり取りのあとにラジアにも感謝の言葉が送られる。ただ、この状況に彼はまだ慣れきっていないのか、やや焦り気味なようだ。

「あっ、は、はい、お疲れ様です」

「今日は疲れたでしょう。ゆっくり休んでください」

「はい、ありがとうございます！」

村の一介の農夫の少年には、領主の娘と言うのはよほど眩しい存在なのだろう。終始、緊張

しっぱなしだった。だがそれもまた微笑ましかった。

「それでは失礼いたします」

「はい、それでは私たちもこれにて」

「失礼いたします！」

挨拶を交わして村長たちは去っていった。

邸宅の玄関を開けて中に入り、声をかければ、現れたのは侍女長のノリアだった。

「おかえりなさいませ、お嬢様」

「ただいま。ノリア。お父様はお帰りになられているの？」

「はい、お戻りになられております。ですが――」

答えようとするノリアの語り口は、さも言いづらそうだった。

「え？」

思わず呟けばノリアの視線は父であるバルワラの執務室の方へと流れる。それを見逃さなかったアルセラは、無言のまま右手のしぐさでノリアをそのまま居るようにと制止する。そして、足音を潜ませつつ、父であるバルワラの書斎兼政務室へと近づいていった。

アルセラには思うところがあった。ノリアが声を潜ませてまで説明に窮するのはそれなりに理由があるからだ。ならば、今の状況でアルセラに聞かせたくない話といえば一つしか無い。

「もしかして――」

そっと声を潜ませて聞き耳を立てる。そこから聞こえてきたのは二人の男性の激しい口論だったのだ。

『正気ですか!?　バルワラ侯？』

『同じことを何度も説明させるな、ラムゼー』

『お考え直しください！　周辺領主と連名で中央政府に今回の件の告発など！』

『どうお前に思われようと私の意志は変わらん。隣接領地であるアルガルドの悪逆をこれ以上看過することはできん。被害に遭った領主勢全員との話し合いは済んだ！　告発の準備ももうすぐだ！　あとは私が中央政府に訴えるだけだ！』

『しかし！』

『くどいと言っている、ラムゼー！　お前の腰抜けと日和見《ひよりみ》主義はもううんざりだ！』

会話をしていたのは父であるバルワラと、その部下であり代官職を務めるラムゼーだった。

初めは落ち着いて語らい合っていたのだが、次第に部屋の外に響き渡るほどの大声で罵り合っていた。もはや、お互い歩み寄るような雰囲気ではなかった。

頑強にラムゼーの言い分を突っぱねるバルワラに、なおもラムゼーは食い下がろうとしていた。

『日和見主義とはご無体な、私はアルガルドを刺激することで強行的な手段に及ばれることを危惧しているのです！　ご息女様になにかあったらどうなさるおつもりですか？』

『ほう、お前なりにアルセラの事を案じているというのだな？』

『は、はい、もちろんでござ――』

だが、バルワラはラムゼーの言葉を遮った。

『ならばなぜ、アルセラの教育を不要不急などと切り捨てた？　次世代の領主教育が無駄だというのか？』

『そ、それは――』

『私が何も知らないと思っているなら大間違いだぞ？　人の口に戸は立てられんのだ。噂話というのは実に巧妙に巡ってくるものなのだ。すなわち、ワルアイユではご令嬢の教育が遅れている――とな。その理由が私が不在がちにしているからだと思っていたのだが、ここに来て、ようやく理由がわかった』

そこで一瞬、声が止《や》む。ギシッと床を踏みしめる音がして、その続きが聞こえてきた。

『お前の怠慢によるものだったのだな。家督継承者の教育よりそんなに金のほうが大事か⁉　ラムゼー！』


――ドンッ！――


おそらくは机を拳で叩いたであろう音が鳴り響いた。

『わ、わたしは、ワルアイユの安寧《あんねい》を思っ――』

『なにが安寧だ！　馬鹿も休み休み言え！』

裂帛《れっぱく》の気合でバルワラの怒号が響いた。

『ワルアイユの領内を見てみろ！　メルト村の村民達を見てみろ！　生活の維持はおろか、子供の薬にも事欠く有様だ！　今年はすでに乳飲み子の急死が相次いでいる！　小麦などの農作物の買付人も現れる気配すらない！　医療も経済もワルアイユはもはやガタガタだ！　この冬を乗り切れぬかもしれんのだ！』

会話の勢いは、もはやバルワラの方が優勢だった。だがそれでもラムゼーは食い下がろうとしていた。

『ならばこそです。ここはいっそ、アルガルドと代理人を挟んでの和解交渉を勧めては？』

穏健派とは生ぬるい、なおラムゼーは妥協案を口にしようとしていた。だが、バルワラの声がそれを遮った。

『絶対に駄目だ』

『なぜですか？　なぜそこまで――』

『旧領マイザック領――すでに存在していない領地だが、お前も知っておろう？』

『は、はい。領地の名前でしたら』

『マイザック領の当時の領主〝ダブリオ・ローレム・マイザック侯〟はアルガルドとの契約結婚に同意し、嫁を迎え入れたのだが、使用人が次々に入れ替わり、瞬く間に領地運営権限は簒《さん》奪《だつ》された。その結果、ダブリオ侯は自死、マイザック領は合法的にアルガルド領に併合の憂き目に遭う。その悲劇を、このワルアイユで繰り返せと言うのか!?　できるわけが無かろう！』

あまりの気迫に、ラムゼーの反論はなかった。

『それにだ、アルガルドと交渉をすれば和解条件としてアルセラの婿取りを迫られるのは目に見えている！　この私に領地を存続させるために、大切なアルセラを売り飛ばすような真似をしろというのか!?　できるわけが無かろう！』

『し、しかし――』

『もういい！』

バルワラはラムゼーとの対話を拒絶した。

『こちらが一歩譲れば、アルガルドは一〇〇歩も二〇〇歩も踏み込んでくる！　絶対にこちらの手を緩めるわけにはいかんのだ！　お前とは話にならん、領主としての人事裁量権をもって謹慎を命じる。別邸の自室に籠もっていろ！　二度と出てくるな！』

それが聞こえてきた言葉の最後だった。アルセラは慌てて執務室のドアから離れると物陰に隠れた。ラムゼーは頭をたれながら執務室から出てくる。そっとドアを閉めたその時の彼の顔を窺い見れば、そこには憤怒に顔を歪ませるラムゼーの姿があった。

執務室のドアから離れたラムゼーはアルセラに気づかぬままにぶつぶつと言葉を吐き捨てている。

「ちっ、田舎侯族が頭《ず》に乗りおって」

身を翻《ひるがえ》して大階段の方へと向かう。

「さっさとあの乳臭い生娘を差し出せば良いものを――」

そんなラムゼーの背中を、アルセラは恐る恐る眺めている。ラムゼーの捨て台詞はなおも続いていた。

「だが〝種〟は撒いた」

なにやら裏を感じさせるような不気味な語り口にアルセラは不安を覚えずには居られなかった。アルセラは更に足音を潜ませながら、執務室のドアに近づき、音を潜めながらそっと開けて中の様子をうかがった。すると父であるバルワラは執務机の椅子に腰掛けたまま、腕を組んで思案している。アルセラは声をかけずにドアをそっと閉じた。

アルセラは急いで邸宅の外へと向かった。まずは表玄関からだ。

「代官、どこかしら？」

ラムゼーの姿を捜したが表玄関の外には彼の姿は無い。使用人用の通用口に回りそこから外に出れば、ラムゼーはすでに馬にまたがり邸宅から去ろうとしていた。声をかけようにもかけられる場所ではなかった。

その光景にアルセラは疑問をいだいた。

「お父様には謹慎って命じられてるのにどこへ？」

そんなふうにそっと呟いた時だった。

「どうした？　嬢ちゃん」

「え？」

背中からかけられた声にアルセラは思わず振り向いた。

「その、小綺麗な格好からすると、この館のご息女様だろうな。親父さんのバルワラは息災か？」

振り向いた先に佇んでいたのは背丈四ファルド八ディカ（約一七〇センチ）はあろうかという老齢にしては長身の男性だった。白髪頭をオールバックに丁寧に撫でつけ、顎髭を蓄え、その左目には単眼鏡《モノクル》をつけていた。襟には柄物のスカーフを巻き、背広襟のウエストコート、さらにその上には立て襟の軍服っぽい仕立てのロングコートを羽織っている。どことなく紳士風の仕立ての中に軍装のような凛々しさが感じられる。独特ともいえるその雰囲気にアルセラは興味を惹かれた。

その佇まいを見つめれば、その顔は思いいたるところが有った。そうだ、父の机の上にあった、あの細密肖像画《ミニチユアール》だ。

「あの、もしや、お父様に縁《ゆかり》のある御方ですか？」

「あぁ、ここに来るのは一〇年ぶりだがな」

父の話と眼の前の人物の印象が一致した。一〇年ぶりと言う言葉が重なったのだ。

「それは、遠くからわざわざおいでいただきありがとうございます！　裏口からは失礼ですので、さ、こちらから」

アルセラはそう答えて来訪者を表玄関へと案内しようとする。だが、彼は言う。

「いや、今日の訪問は非公式なお忍びだ。裏口からでいい」

そう答えるとまるで勝手がわかっているかのように彼は勝手に館の中へと入っていく。それを慌てて追うアルセラだったが、次に鉢合わせたのは執事長のオルデアだった。

「ギ、ギダルム様⁉」

あまりの突然の来訪に執事のオルデアも呆然としていた。

「久しぶりだなオルデア。一〇年ぶりといったところか」

「よくいらっしゃいました。お元気そうで何よりです」

「ああ、なんとかまだ生きてるよ」

そう答えるダルムはにこやかに笑みを浮かべた。

「旦那様はこちらにいらっしゃいます、さ、どうぞ」

オルデアに案内されてバルワラ侯の執務室へと向かう。無論、アルセラも一緒だ。ドアをノックしてオルデアが声をかける。

「旦那様、お客様でいらっしゃいます」

「お通ししなさい」

「はっ」

許しを得てドアをそっと開ける。

「さ、どうぞ」

「ああ、ありがとうよ。それと俺の来訪は、あくまでもお忍びということで頼むぜ」

「は、承知いたしました」

その言葉の後にダルムは部屋の中へと入っていく。アルセラもそれに続いた。

「どなた――、ギ、ギダルム？」

ダルムが名乗る前にバルワラは驚きの声を上げた。

「久しぶりだな。バルワラ、領主としての奮闘ぶり、よく聞かせてもらっているぜ」

「いつこちらへ？」

「えっちらおっちら歩いて昨日の夕刻ワルアイユにたどり着いた。山の中で野宿してメルト村の中を歩いたのは今日の朝だ」

「そんな、おっしゃっていただければ宿を用意しましたものを」

バルワラの気遣いに感謝しつつもダルムは苦笑して笑い飛ばした。

「そういうのはいいよ。堅苦しいと来づらくなるからな。野暮《やぼ》用があってよ、そのついでに顔を出したんだ」

そう言いながら部屋の中を歩いていく。オルデアが応接セットのソファを勧める。

「すまねえな」

そう答えながら彼が腰を下ろせば、それに続いてバルワラ侯もアルセラもそれぞれソファに着座した。

その際、オルデアはダルムに細葉巻《シガリロ》を勧めた。

「どうぞ」

「すまねえな。一ついただくぜ」

応接テーブルの上には煙草《タバコ》用のセットが置かれている。葉巻用のハサミで穂先を切り口にくわえ、火打ち石《フリント》と打金《うちがね》で麻綿製の火口に火をつける。最近、登場した安全マッチに頼らない古来からのやり方だ。

愛煙家であるだけにダルムには手慣れたものだった。その手際の良さにアルセラが思わずつぶやく。

「すごい」

「はは、こんなの手遊びのうちさ」

謙遜するダルムだったが、その手際の良さにアルセラが〝大人への憧れ〟を見つけたのを見逃さなかった。

「そういや、バルワラは煙草は止めたのか？」

「えぇ、一時期、肺を病みかけたのでそれを機会に六年前に止めました」

「六年か――、俺がここに来なくなったのは一〇年前だったな」

六年という数字と、一〇年という数字は、時の流れを嫌でも思い知らさせる。バルワラはしみじみと問いかけた。

「本当に久しぶりですね、ダルムさん」

「ああ、俺が職業傭兵として仕事を始めてちょうど勢いが乗った頃だったからな。国の中を東奔西走を極めるようになっていた。忙しさにかまけて、ここからついつい足が遠のいちまった。忘れたわけじゃなかったんだがな」

ダルムの言い訳をギダルムは素直に受け入れていた。

「致し方ありません。人にはそれぞれ生業《なりわい》というものがありますから。お仕事が順調なら、それに勝るものはありません」

「そう言ってくれるとホッとするぜ」

「それは何よりです。そうそう、ご紹介がまだでしたね。さ、アルセラ」

「はい、お父様」

アルセラは父に促されてそっと立ち上がる。姿勢を正して自ら名乗った。

「ワルアイユ家当主息女のアルセラ・ミラ・ワルアイユでございます。以後、お見知りおきを」

立ち上がったアルセラに対してダルムも立ち上がる。そして右手を自ら差し出す。

「ギダルム・ジーバス、元執事の職業傭兵だ」

「ご丁寧にありがとうございます」

アルセラは差し出された右手を自らも右手で握り返した。ソファに座り直して三人の会話は始まった。

「アルセラさんは今おいくつになられる？」

「はい、今年で齢《よわい》一五歳になります」

「一五か、もうすっかり大人だな」

「いえ、大人を名乗るにはまだまだ身につけなければならないことが山ほどあるのですけど」

「お前さんなら大丈夫だ、なんたってこのバルワラの娘なんだからな」

「はい、お父様の偉大さは常日頃から身にしみて存じております」

「そうかい、それは何よりだ。時に、バルワラ、奥方様はどうしている？」

奥方、この場合バルワラの妻を指している。だが、一〇年の時の流れは残酷だった。バルワラは言葉を選びながら答える。

「妻は三年前に精霊のもとに旅立ちました。あなたとの手紙の中にはあえて記しておりません」

知らなかったとはいえダルムは迂闊なことを聞いてしまったことを悟った。

「すまねえ、余計なことを聞いちまったな」

「いえ、お気になさらず。これも天命ゆえです」

そうは言っても、視界の片隅ではアルセラが神妙な表情をしていた。詫びる代わりにこう答える。

「あとで花でも手向けておくぜ」

「ありがとうございます」

ダルムの言葉にアルセラはにこやかに微笑んだのだった。

「アルセラは一五になったと言ったな」

「はい」

「するってぇと、俺が最後にこの地に来たときは五歳か、人見知りが激しくてすぐに物陰に隠れちまってたな。覚えてるかい？」

アルセラは顔を左右に振る。

「いえ、その頃のことはおぼろげにしか覚えていません。ただ、父と同じように、よく遊んでくださった大人の男性の方が居たという事は記憶の片隅にあります。それ、もしかしてギダルム様ではありませんか？」

一〇年という時を超えた懐かしい記憶。それが蘇る時、ダルムの口元に笑みが浮かんだ。

「そうさ。その通りだ。バルワラが忙しくてよく嬢ちゃんの相手をしたもんさ。動物が好きでな、嬢ちゃんにねだられて馬に乗せてやったんだ。覚えてるかい？」

「はい、覚えてます！　馬の背中に乗せてもらって一緒に走って！」

「あの頃は俺の膝にやっと届くくらいだったんだが、大きくなったもんだぜ。立派になったな、アルセラ」

「はい！」

おぼろげだった記憶が鮮明に蘇り、アルセラはダルムとの絆を取り戻したのだった。

それから、侍女のノリアが運んできた茶を飲みながら――の雑談が続く。楽しいひと時の訪れだった。そして小半時ほどの時間が経ったときだ。バルワラがアルセラに諭した。

「アルセラ、少し下がっていなさい。ギダルム殿と込み入った話をする。話を終えたら、少し早いが簡単な食事にしようと思う」

「では、そちらの準備をさせていただきます」

「あぁ、そうしなさい」

笑みを浮かべたまま一礼して、アルセラは疑問を持たずにそこから去っていった。

同時に、ノリアもオルデアも下がり、執務室にはバルワラとダルムの二人だけとなった。

部屋に一瞬、静寂が戻る。二人の顔からは笑みが消え神妙な表情になる。沈黙を破り、先に声を発したのはダルムだった。手にしていた葉巻を吸い終えて大理石の灰皿でもみ消すと、ゆっくりと言葉を吐いた。

「――やつれたな、バルワラ」

再び訪れる沈黙、少し遅れてバルワラは答えた。

「あなたには隠せませんね。ダルムさん」

「あぁ、付き合いはお前の親父さんの頃からだからな」

「はい、二〇年、いや、三〇年以上です、あなたとの関わり合いは。あなたには本当にお世話になりました」

「しかし、この一〇年、顔を出さない不義理を働いたばかりに、ワルアイユの惨状を見過ごしてしまった」

さらに再び、二人は沈黙する。その顔に深い後悔を浮かべて、ダルムは告げた。

「本当にすまない。バルワラ」

「あなたが謝ることではありません。アルガルドとの軋轢《あつれき》は、今々に始まったことではない。この界隈の中小の領地はいずれもがアルガルドとの間に問題を抱えている。そして、一つ、また一つと、アルガルドに呑み込まれていく。実に巧妙に」

「それが今度はこのワルアイユが〝的〟になったってわけか」

「はい。いよいよです」

「俺のかつての主人、ダブリオ・ローレム・マイザック侯のようにか？」

そして四度、二人は沈黙する。重い口を開いたのはバルワラだった。

「――アルセラのところにアルガルドから婿取りの申し出が来ています。アルガルドの親類の若者です」

「罠だな」

ダルムは即答した。

「受け入れたら、その若造の専属使用人と言う立場でアルガルドの息のかかったヤバい連中がぞろぞろやって来る。あっという間にワルアイユ旧来の使用人たちは追い出され、お前もアルセラも追い詰められる。下手すれば病気に見せかけた暗殺すらありうるだろう。あいつらならやりかねん」

そのダルムの言葉にバルワラはなにかに気づいた。

「もしや、あなたのかつての主人のダブリオ侯の自死というのは!?」

ダルムは頷いた。

「司直や軍警察は自死として片付けたが、俺は本当は自死に見せかけた密殺だと思っている。短銃で頭を撃ち抜いたんだが短銃は右手に握られていた。だが、俺の主人のダブリオ侯は本来〝左利き〟だ。生活上、握手などは右手で行っていたが、剣や弓や銃などは左手を使っていたんだ。その事を強く訴えたが深く掘り下げもせずに黙殺しやがった。連中に袖の下《わいろ》が渡っていたのは明らかだ」

「あいつらなら、絶対にそこまでやるでしょう。人の命をあっさりと金に変える連中です。あれは〝魔物〟です」

「魔物か――、言い得て妙だな」

カップの中のすっかり冷めた茶を一口飲んで喉を潤し、ダルムはいよいよあの事を語り始めた。

「バルワラ、俺が今夜、ここに来たのは理由がある」

「理由ですか？」

「あぁ、お前、正規軍筋からも〝的〟をかけられてるぜ？」

「な――」

あまりの事実にバルワラは言葉を失った。

「軍が？　なぜ？」

ダルムはバルワラをじっと見つめながら事実を伝えた。

「ワルアイユで産出する〝ラピス鉱石〟、精術武具の素材であり軍事的な重要管理物資にも指定されているものだ。だが、その〝横流し疑惑〟がお前にかけられている。俺がワルアイユに来たのは、その事実調査のためだ」

「そんな馬鹿な――軍が私を疑っていると？」

「残念ながら事実だ。フェンデリオルの西方司令部の調査部が直々に動いているらしい」

あんまりな事実にバルワラは絶句した。両指を組んで握りしめると俯いてしまう。だが、再び顔を上げると彼は必死の思いで言葉を吐いた。

「天上天下のすべての精霊に誓って私はそのようなことはしていない！」

その力強い言葉に、ダルムははっきりと頷いた。

「やっぱりそうだよな、お前がそんなことをするはずねえ」

それは確信だった。そして、深い信頼だった。

「今、ワルアイユはアルガルドに圧力をかけられているはずだ。しかし、お前はそれに対して必死の抵抗をしている」

「その通りだ。このまま黙って何もせずに全てを明け渡すわけにはいかん」

バルワラの言葉にダルムははっきりと頷いた。

「お前の考えは間違っていねえ。だが、お前の抵抗が想像以上に頑強だったから事件の黒幕が業《ごう》を煮やして次の手を打ってきたのさ」

「それがあなたが派遣されてきた一件ですか？」

「おそらくそうだ。今回の事件は裏側で繋がっている。つまりアルガルドと言う地方領主と正規軍の西方司令部とを裏で繋ぐ何者かが動いてるって事なのさ」

予想外の事態にバルワラは思わず息を呑んだ。

「さすがに信じたくはありませんが、そんな馬鹿なと現実から目を背けるわけにはいきませんね」

　バルワラの言葉にダルムは頷いた。

「もう一つ尋ねるが、俺が来た時に邸宅から出て行った男がいたな？　長身で痩せ方の男、馬にまたがってどこかに行きやがったがあれは誰だ？」

　邸宅から出て行った男、そう尋ねられた時バルワラはすぐに気づいた。

「心当たりがあるのは代官のラムゼーだが？」

「そうか、代官か」

　一呼吸して息を整えるとダルムはバルワラに告げた。

「あの男のことはよく知っている。俺の執事時代のかつての主人であるダブリオ・ローレム・マイザック侯を謀略にハメて死に追いやった男で、当時のアルガルド側の契約結婚の仕掛け人である侍従長〝ハイラルド・ゲルセン〟だ」

　さすがにこの事実はバルワラも驚愕せざるを得なかった。

「ラムゼーがアルガルドの人間!?」

「ああ、二〇年前の当時のあいつの顔はよく覚えている。当時と比べて痩せているのは風貌を変えるためだろう。そう言うところは昔から用意周到なんだよ、あいつは」

　ダルムは過去の記憶を踏まえて話しているだけに強い説得力があった。

「けどやっこさん、よもやかつての因縁を持つ俺がこのワルアイユに現れるとは夢にも思っちゃいめぇ」

「そうか、あなたと我々ワルアイユの繋がりは、まだ誰も気づいていないというわけですね」

「そういうことだ。だからこそ俺が派遣されてきたのは逆にこっちには好都合だったってわけさ。いいか？　バルワラ、よく覚えておけ。お前は今、極めて危険な状況にある。最低でも二つ以上異なる集団が動いていてしかもそれを裏側で繋いでいる奴がいる。見えない所に隠れている奴が他にもいないと誰が言い切れる？」

状況は極めて切迫していたのだ。

「だが忘れるな。お前には俺がいる。何かあったら必ず力になる」

「ダルムさん」

ダルムの力強い言葉に、バルワラは思わず目頭を熱くする。内ポケットに入れていたハンカチーフを取り出し目元を拭った。

だがこれで安堵するには早い。本当に何が起きるかわからないのだ。

「ダルムさん。あなたにお願いしたいことがあります」

「なんだ言ってみろ」

「はい、私に万が一のことがあったらアルセラとワルアイユを頼みます」

バルワラの言葉を、弱気になるなと叱咤《しった》することもできただろう。だが今は、最悪の状況になる可能性が消してゼロではない。そのため、ダルムも真剣な表情でこれを受け入れるしか無かった。

ダルムは大きく頷き、身を乗り出してバルワラの右肩をしっかりと叩いてやる。

「まかせろ、その時は必ず約束を果たす！」

「ありがとう――ございます――」

そう答えるバルワラの声は震えていた。そしてダルムは立ち上がりながら告げた。

「ラムゼーがいつ戻ってくるとも限らん。見つかる前に姿を消させてもらうぜ。折を見て、また来る」

バルワラも立ち上がり、ダルムに応えた。

「はい、注意を怠らないようにしたいと思います」

そしてバルワラが差し出した右手をダルムも握り返した。

「じゃあな」

そう言葉を残して静かにダルムは邸宅の裏口へと向かう。そこでは執事のオルデアがすでに控えていた。

「ギダルム様、お帰りになられるのですね？」

「ああ、俺が来たことはまだまだ内緒にしておきたい。どこで誰が見ているかわからんからな」

「かしこまりました」

「オルデアも状況に対してくれぐれも注意してくれ」

「はい、ご領主様とアルセラお嬢様の件は、お任せください」

そして、邸宅の裏口から姿を消そうとした時だ、ダルムに背後から声がかけられた。

「ギダルムのおじ様？　もうお帰りになられるのですか」

「ああ、まだ行くところがあるんでな」

「そうですか」

アルセラも流石に残念そうだ。だが、ダルムは慰める。

「だが、まだすぐに来ることになるだろう。食事は次の機会にさせてくれ」

「はい、その時を楽しみにお待ち申し上げております」

「ああ、じゃあな」

アルセラの頭をそっと撫でてダルムは去っていった。ダルムの背中を見送った後に父バルワラの執務室に向かう。ドアを開けてバルワラの姿を捜すが、そこに居た父親はいつもの力強い姿ではなかった。両手を組んだまま机に寄りかかるように俯いていたのだ。アルセラはそんな父に声をかけることができなかった。

アルセラは音もなく、そのままドアを閉めた。

廊下を歩きながらため息をつくアルセラに言葉をかけられる者は誰もいなかったのだった。

第2話：野営の夜と忍び寄る影

――精霊邂逅歴三二六〇年八月四日夕刻過ぎ――

――フェンデリオル国、西方領域辺境――

――ワルアイユ領メルト村郊外――


私たちが活動拠点と決めた林業の作業小屋に帰り着いたのは太陽が地平線の下へと沈み薄明かりが辺りを支配し始めた夕方過ぎの頃であった。

村人たちの診療の後、私とパックさんはいくつか迂回の道を歩きながら夜営拠点へと戻る。途中、ドルスさんの姿を見かけ彼と合流する。拠点へとたどり着く道すがら私たち三人は雑談を始めた。

「しかし見事な医者っぷりだったたな」

素直にそう褒め言葉を口にするのはドルスさん。それに対して何のてらいもなく素直に感謝を口にするのはパックさんだ。

「ありがとうございます。昔、必要に迫られて聞きかじりで身につけたものです」

「ほう？」

「武術をしていると怪我や体の故障はつきものです。そのたびに医者を呼んでいたのではキリがありません」

「それで自分で身につけたってわけか」

「はい」

パックさんの語る言葉の説得力に、ドルスも感心していた。ドルスさんはさらに言う。

「あの〝針〟を使った治療もか？」

「鍼灸術《しんきゅう》ですか？　はい、慣れと修練は必要ですが鍼を打つ場所を間違えなければ効果は確実にあらわれます」

二人のやりとりに私も声をかける。

「鍼《はり》を打つ場所を〝経絡《けいらく》〟と言うんでしたっけ？」

「いえ、体の中の気脈の流れが経絡と呼ばれます。その経絡の要所要所に存在するのがツボと呼ばれる部分です。体中に数百あるそれらのツボを針や指などで刺激して体の機能を活性化させるのです」

「それであの爺さんの腰を治したり、若い奴の足を治したってわけだ」

ドルスさんのその言葉にパックさんは顔を左右に振った。

「いいえ、私の施術はきっかけにすぎません。体を治すのはいつでもその本人の生命の力です。私はある人から〝医〟とは、ほんの少し手助けをするだけに過ぎないと教わりました」

その言葉に私もドルスさんも思わず頷いていた。

パックさんはやっぱり傭兵らしく見えない。達観した賢者のような風格さえ感じることがある。

そう話しているうちに目的の場所へとたどり着く。そこにはすでにカークさんを始めとする鉱山偵察組が帰り着いて留守居役のゲオルグ中尉と共に野営の準備を始めていた。

小屋の外で焚き火をしている。立ち上る煙が周りから見えないように生い茂る木々の枝で煙が拡散するやり方だ。野営の際は炎や煙で自らの位置がバレやすい。それに対して手を打つのも傭兵としての常識の一つだ。

「ルスト、以下二名。帰参しました」

帰還の口上を述べれば、ゲオルグさんが「ご苦労」と答える。

「まだ帰参していないのは？」

「ギダルム準一級に、ルプロア三級だな」

「領主の偵察組ですね」

「あぁ」

私たちがそう語り合ったときだった。

「戻ったぜ」

聞き慣れた声がする。ダルムさんだ。

「ご苦労さまです」

「待たせたな。しっかり調べてきたぜ」

私の声にダルムさんが答える。そこにゲオルグ中尉が尋ねた。

「ルプロア三級の姿が見えないようだが？」

「ん？　まだ来てねえのか？」

ダルムさんが怪訝《けげん》そうに答える。

「別動したのですか？」

「あぁ、二手に分かれた。ここで日没を目安に落ち合う約束だったんだがな」

だがプロアの姿はまだ見えない。帰参後に野営の準備を手伝い始めていたドルスさんが言う。

「サボってフけたんじゃねーの？」

その言葉に『お前じゃないよ』と言いそうになるがゴアズさんやカークさんは苦笑し、ゲオルグ中尉は渋い顔だ。私も思わず言ってしまう。

「勘弁してください。フけられたら責任問題です！」

その時だ。

「おいおい」

一番遅れてやって来たのはもちろん。

「フけるわけねーだろ。勝手にサボらすなよ」

声の主はプロア本人。駆けてきたようで少し汗をかいている。その顔は苦笑いだがどこか楽しそうだ。

「ちょっと爺さんに頼まれてな」

そう言いながら懐から何かを取り出す。煙管《キセル》用の刻みタバコが入った手のひら大の紙の包みと、酒が入った小さな陶器のボトルだった。それを受け取ったのはダルムさんだ。

「タバコと酒を買いに行ってもらったんだ。まさか村で買うわけには行かねーからな」

ゲオルグ中尉が『勝手なことを』と言いたげにしていたがプロアが先回りして弁明する。

「俺、早駆けのスキルを持ってるからな。半日もあれば七シルド（約二八キロ）は行って帰ってこれるぜ」

そう言いながらプロアはもう一つ懐に持っていたものをゲオルグさんへと投げ渡す。

「そら。あんたも吸うだろ？」

投げ渡したのは紙巻きたばこ。四本ほどが小分けにされて紙袋に詰められたものだ。傭兵や兵士が行軍任務や遠征のさいに荷物にならない範囲で持ち歩くのに売られている。軍兵士なら知っていて当然の物だ。それを受け取りながらゲオルグ中尉は言った。

「いくらだ？」

「金はいいよ。おごりだ」

「すまんな。ありがたく戴いておこう」

「おう」

二人がそんな風に親しげにやりとりをしている。そんな光景を眺めながら私は薪代わりに落ちている枝を拾い集めていた。

そして、集めた薪を抱えてカークさんたちの方へと歩いていく。

ちょうどその時、プロアが私の隣に並んだ。

「だめだった」

通り過ぎるその瞬間、プロアは私に囁いた。私も横目で視線を投げて頷き返す。

やはりそうか。

そう言えば、あの人はさっきこう言った。


――『いくらだ？』――


あのさぁ、四本入りタバコは軍配給もしていて値段は決まってるんだよね。銘柄も一つしかないし。軍経験者なら知ってて当然のハズだよ。カード賭博の賭けになるほど安いしね。

そんな基本的なこと、なんで知らないの？

まぁ、普段あまり吸わない人も多いし、もしかすると手間賃も含めて幾《いく》らなのか？　と尋ねた可能性もある。疑惑を確定させるにはまだ不十分だ。今はまだ泳がせておいた方がいいだろう。

「おーい、薪はまだか！」

カークさんの声がする。

「はーい！」

私は返事をして急いで駆け出す。まずは野営。そして夜食の準備。次の段取りはそれからだ。

そして部隊の夕食は始まった。

メルト村でリゾノさんたちからもらったパン類に、バロンさんたちが山で射った野鳥を焼く。そして山で採れたキノコのスープ。

後はいつものように決まり文句。

「革グラスに一杯まで、飲酒を許可します」

ダルムさんが買いに行かせていた果実酒が振る舞われる。濃厚な香りが辺りに立ち込め、喉を潤す酒が皆の心を解きほぐす。火を囲んだ夕食の中でゴアズさんが疑問を口にした。

「このパンはどこで？」

「それは」

私が答えようとしたときに先に答えたのはパックさんだった。

「メルト村でめぐんでいただきました。村の状況を調べるときに薬の行商人を装いました。その際にお礼にと」

あっさり言い切るその言葉に周りが一瞬ざわめいた。当然だ。極秘査察だと言うのに正面から入っていったのだから当然の反応だった。だがそれを気にするパックさんではない。

「潜入捜査と言う事でしたので、出立時から行商人として通じる服を選んで着ておいたんです。それと傭兵の街で薬師のマオから辺境の村で売れやすい薬を仕入れておきました。街の様相を調べるには間近で見るのが一番ですから」

「しょ、正面突破ですか？」

通信師のテラメノさんが漏らした驚きの声にパックさんはあっさりと言い切った。

「はい」

大胆というか、豪胆と言うか、それでいて冷静に物事を見越した判断をしているのだ、この人は。

「武器を持たない無手の人間がよもや傭兵だとは普通は思いません」

「そりゃそうだ」

パックさんの言葉にドルスさんも苦笑いしている。ましてやパックさんのように物腰が穏やかだと大抵の相手は警戒心を解く。その意味では彼は自分の価値というものをわかっていた。

カークさんが期待を込めて言う。

「こりゃ期待できそうだな」

皆がほぼ食べ終えるのを待ち、簡易食器を小脇に片付け、そのまま調査結果の報告へと移る。

私は冷静な面持ちで皆に告げた。

「それでは各自、報告をお願いします」

まず最初に答えたのは鉱山視察組。まずはカークさんからだ。

「鉱山周辺を遠巻きにして散策してみたがラピス鉱山には致命的な異常は無いな。正規軍人と職業傭兵による警備部隊が順当に巡回警備している。労働者と警備以外で不審な人物がうろついている様子も今のところは見かけん」

私は情報を整理するためにさらに尋ねる。

「トルネデアス兵は？」

「今のところ見かけないな。一般作業員になりすまして潜り込んでいるような証拠も見かけられん」

カークさんに続いてゴアズさんが補足した。

「鉱物資源の無断持ち出しにつながる直接的な証拠は今のところ見当たりません。鉱山運営も平常のままです」

私は疑問点を掘り下げるために更に尋ねた。

「会話は？　西方帝国語のような言葉の訛りは？」

その問いにバロンさんが言う。

「それも無い。トルネデアスの言葉は別言語を習得していてもイントネーションに特徴が出る。まっとうなフェンデリオル語だ」

「そうですか」

私は納得せざるを得なかった。つまり今のところは疑惑に繋がるような不正行為は見られないというところか。でもただ単にボロを出していないともとれる。調査を継続する必要はある。

「ありがとうございました。ギダルム準一級からはありますか？」

私は労いの言葉を述べると、ダルムさんたちへと報告を促した。

「そうだな――」

ダルムさんが鉄煙管《てつギセル》を取り出し語り始めた。

「この土地の領主のワルアイユの邸宅だが、ワルアイユ家の家訓で質素を常としている。その家訓に違わず飾り気のない邸宅でな。贅沢めいた行為は何も見かけられんよ。到底、ラピス鉱脈の横流しで潤っているようには見えん」

言葉を続けつつ、煙管を私へと指し示す。喫煙の許可を求めているのだ。私は頷いて同意する。

「直接の自領だって、自給自足を重視しているからほとんどが耕作地になっている。成金領主みたいに手の混んだ庭園なんか無ぇんだ。ところがだ――」

煙草の葉を詰め、焚き火で点火しながら更に続けた。

「手入れが行き届いてないのか荒れている耕作地が目立つんだ。自分が直接かかえている奉公人だけでなく、領民の労役負担も借り出しているはずだ。

だが、手数が足りてないと言うより、ワルアイユ侯自身による管理が手が回ってないって感じだったな。屋敷の中をそれとなく眺めたが使用人の姿もそう多く無ぇ。日常生活にだって支障をきたしているんじゃねえのかな」

ダルムさんは何かを思い出ししみじみとした表情を浮かべながら紫煙をくゆらせた。そして強い口調でこう言い放つ。

「少なくとも、重要物資の不正横流しで利益を得て贅沢しているような人間の邸宅ではねぇな」

ダルムさんはかつてとある地方領主のもとで執事をしていた事がある。侯族階級や地方領主の暮らしについては知り尽くしている。その彼が言うことなのだから信憑性は確かだ。

「ありがとうございます」

私はそう言葉を述べると話し合いを続けた。次には報告するのは私たちだ。まずは私から。

「まず村を調べてわかったのが〝医療の崩壊〟です」

医療――地方領地では生命線とも言える物が崩壊していると言う事実は皆に緊迫感を与えた。

一人一人が冷静な表情で視線を向けてくる。

「まず、医療薬が流通していません。医師の常駐もなく地方領地では付き物の巡回医師も回ってきていません」

巡回医師――定住している医師が居ない無医村のために一定の村々を回っている移動診療医師のことだ。医療機器や薬剤を載せた馬車で巡ってくるのだ。フェンデリオルではごく当たりまえに見られる存在だ。

パックさんがさらに言う。

「メルト村には子供の発熱程度でも対応できる医師がおらず、病気の子供が溢れています。特に乳幼児は適切な処置をしなければ些細な熱風邪で命を落とすことは頻繁に起きる。実際、乳飲み子がなすすべなく落命しているそうです。巡回医師や薬の行商人が順当に回ってきていれば起きないことです」

パックさんは張り詰めた表情でその深刻さを語る。

「全国的に薬不足だと言う案件は聞き及んでいません。流通が滞っているか、あるいは薬の行商人や医師がワルアイユを避けているようにしか思えない」

ドルスさんが続ける。

「何者かの妨害だな」

それはつまりこういうことなのだ。

「俺も隊長やパックを遠巻きに眺めながら街の様子を観察してみた。その結果、医薬品以外にも、建築資材や日常生活物資も不足していて傷んで壊れたままになっている家屋が至るところに見られるんだ。変わったところじゃ菓子店が店を閉めていた。なぜだかわかるか？」

私は答える。

「〝砂糖〟ですね？」

「正解だ。この辺りでは砂糖を得るのに必要なサトウキビやビートが採れない。どうしても他から買うことになる。だがそれが手に入らない。商品を作れなければ店は閉めるしかない。国境近くの辺境とは言え、生活必需品がここまで欠乏するのは理由となる異常事態の発生を考慮すべきだ」

「それだけ村の人々への妨害が常態化していると言うことですね」

「それもかなり深刻な度合いでな」

「そう言えば」

私はリゾノさんとの対話を思い出した。

「村の農夫の方の話ですが、農繁期を控えて本来なら買付人が下見に来てもおかしく無いのに、まだ今季は来ていないと言う話もあります。もしこのまま農作物が買い付けられなかったり、安く買い叩かれたりしたら、この村の経済は破綻します」

私の言葉にバロンさんが言う。

「そうなれば終わりですね。村は離散する以外にない」

最悪の状態だ。多くの破産者と流浪難民が発生する。どれだけの人々が困窮し、飢えて死ぬか想像もつかない。

なぜそこまで圧力を加えるの必要があるのだろうか？

だがそこでプロアが言う。

「俺の聞きかじった範囲の話なんだが」

彼は皆に視線を投げかけながら語りかける。

「ワルアイユに隣接する大領地に〝アルガルド〟ってのがあるんだが――これが地方領主の中でも頭抜《ずぬ》けてタチが悪いんだ」

そう語る彼の表情には苦々しい思いが滲《にじ》み出ている。

「隣接する領地を強引に乗っ取ったり、政略結婚を仕掛けたりとかは日常茶飯事だ。領地の切り取りで鉱山や農地を強奪半分に私有化することもやってのけてる。それでいてあのミルゼルド家の血筋なのだからとにかく始末が悪い」

「ミルゼルド家――中央政府の重職に列席する上級侯族の中でも特定一三家の一つでしたね」

「あぁ、上級侯族一三家だったな」

〝上級侯族一三家〟――フェンデリオル特有の上流身分階級である〝侯族〟――その中でも特に家格の高い一三の御家を示した言葉だ。ミルゼルド家はその一つであり持っている影響力は絶大なものだ。

ドルスさんが言う。

「ミルゼルド家の傍流だったな？」

プロアが答える。

「直系じゃなくミルゼルド姓を名乗れないが、現宗主のいとこ筋に当たるそうだ」

「四親等か五親等、微妙な立ち位置だな」

それに補足したのはゲオルグ中尉だ。正規軍人であり、今回の任務の引率者であるのだから、もっと積極的に発言しても良いだろうにこの人はまるで他人事であるかのように沈黙したままだった。

何も語らないことを不審げに視線を投げかけている私に気づいたかのようにゲオルグ中尉は言葉を続けた。

「今回の査察任務には直接には関係の無い話だ」

まるで話し合いの流れを断ち切るかのようだ。違和感を覚えたのかカークさんも苛立ちを滲ませつつ強い口調でこう言い放った。

「で？　今回の疑惑については？」

私は話をまとめにかかった。

「今回、対象となる疑惑を確定づける証拠は何も出てきていません。しかし、疑義が無いとする直接的証拠もない」

そうだ、報告書として提出するには材料不足だ。このまま話を持ち帰ってもワルアイユが何者かに妨害を受けているとしかレポートをあげられない。それでは極秘査察任務とするにはあまりに不十分だ。

「さらなる調査を続行します。明日は鉱山周辺をさらにくわしく洗ってください、特に、鉱物資源搬出時の様子を」

「わかった」とカークさん。

「もう一つは村の周辺事情を再調査します。村を出入りする人間にもなにか特徴があるかもしれません」

「そうだな」とダルムさん。

不満点はあるが、これで一通りの方針は決まった。

「では話し合いはこれで終わります。今夜は交代で歩哨をたてましょう」

「おう」

異議は出なかった。見知らぬ土地なのだ。何が起こるかわからない。歩哨――見張りをたてるのは当然のことだった。順番は私が割り振った。

ドルス、カーク、プロア、ダルム、私、ゴアズ、バロン、――そしてパック。

朝が強そうな人ほど早朝に立ってもらうことにした。ここでも異論はでない。ゲオルグ中尉とラメノ通信師は、事実上の〝お客さん〟だ。意思疎通が利きにくい分、変に頼らないほうがいいだろう。

作業小屋に戻るとそれぞれに腰を落ち着ける場所を決める。

さて決めるべきことは決めた。明日も早いうちに行動を開始することになる。まずは体を休めよう。その日の就寝がおとずれたのであった。


それから夜半すぎのことだった。

迎えた深夜――私はそっと耳打ちされて起こされた。

「隊長、交代だぜ」

「ん――」

目を覚ませば、すぐに歩哨の交代の事を思い出す。

静かに体を起こせば、傍らに佇んでいたのはダルムさんだ。

老齢のベテラン傭兵、シンボルの左目の単眼鏡が暗闇の中で特徴的に輝いている。

「来てくれ」

その次にその指で外を示す仕草をする。ついて来いと言うのだろう。傭兵たるもの、どんなに眠りが深くとも、必要とあればすぐに目を覚まさなければならない。即座に寝袋代わりにしていた外套を羽織り、愛用武器を腰に下げて彼のあとをついていく。

そして、作業小屋の近くの林の中へと私たちは向かったのだった。

人目を避けて会話を始める。

「お話とは？」

そう問いかければダルムさんは深刻そうに私を見つめながら言葉を発した。

「俺が傭兵をやる前、とある領主の執事をしていたのは知っているな？」

ダルムさんの打ち明け話に私は頷く。

「実はな、その縁から、ここの土地の前領主とその息子のバルワラとは彼が幼い頃からの知り合いなんだ」

「えっ？」

「もうかれこれ三〇年以上の付き合いになる。だが、この一〇年は職業傭兵の仕事が忙しくてすっかり足が遠のいていた。今では俺がワルアイユと関わり合いがあったなんて知っている奴はほとんど居ねぇよ」

それは予想外の事実だった。驚く私に彼は、今なお手紙でのやり取りを続けていたことを明かしてきた。おそらくは今回のワルアイユの困窮のことも事前に承知していたのかもしれない。

ブレンデッドでワルアイユの土地の名前を耳にしたとき微妙な表情をしたのはそれが理由だったのだ。

「今回もな、正面から会いに行ったんだ」

「ええっ？」

私たちの査察対象であるはずのバルワラ侯——そのあまりに軽率なアプローチに私も驚かず

には居られなかった。

「そんな、大丈夫なんですか？」

だがダルムさんは笑って言った。

「邸宅の裏口も知り尽くしてる、こっそり会ってきたさ」

「もう――、無茶しないください！」

「大丈夫だ。バレねえよ。それに最後にこの土地に来たのは一〇年前だ。俺のことを覚えている奴は随分減ったよ。若い連中はなおさら知らないだろうぜ」

私は彼の豪胆な言葉に苦笑いするしかなかった。

私たちはお互いが調べ上げてきた事実を融通し合った。先程の話し合いでは出せないことを含めて。

まずダルムさんが語る。

「えらいやつれてたぜ。精も根も尽き果ててるって感じだったな。このワルアイユの土地を守るために必死に八方手を尽くして万策尽きかけてる」

思い出すだけでも怒りが湧いてくるのかダルムさんの顔は険しかった。

「バルワラの人柄も性格も知っているが、不正など絶対にするはずがないんだ。領民とともに土を耕す――それが彼のモットーだ」

「では今回の不正横流しの件は？」

「十中八九《じっちゅうはっく》、濡れ衣だ」

ダルムさんにはその濡れ衣を着せた張本人の名前も想定が付いていた。今それを口にしなかったのは私も抱いている疑惑を、ダルムさんがわかっている証拠でもあった。

逆にダルムさんが私に問うてきた。頭上の木々の間から月明かりが漏れてくる。その光を浴びながらダルムさんの言葉が聞こえてくる。

「お前、プロアの奴に何を頼んだんだ？」

プロアの二つ名は〝忍び笑いのプロア〟――傭兵としてはドルスさんとは違う意味で不真面目だったが、本来は斥候《せっこう》や諜報としては非常に優秀なのだ。私が彼に依頼していた事を、ダルムさんは気付いていたのだ。

「気付いてらっしゃったんですか？」

「あぁ、なんとなしにな」

それは重要な鍵だった。できれば秘しておきたい事だった。だが適当にごまかすことはできない。諦めて私は答えを発しようとする。

「それは――」

その時だ。

――ヒュッ――

かすかに風を切る音がする。右後方から何かが飛来する。

これを体軸を左へと僅かにずらして見切る。飛んできたのは手投げ矢だった。そしてさらに人の気配がする。

左脇上方から何かが振り下ろされる。それは肉厚でいて小ぶりな刀剣の風切り音。


――フォッ――


「くっ！」

右足を軸に体全体を回転させるように後方へと体を動かす。私の眼前を一本の刀剣が振り下ろされた。

「両刃の直剣！」

刀剣の形状、それは重要な意味を持つ。私たちフェンデリオル人は両刃の直剣は絶対に持たない。とある歴史的経験から敵対者を象徴する物だからだ。


――両刃の直剣は敵の武器――


それが私たちの民族としての価値観だ。

視界の片隅に襲撃者の気配を感じて、その感覚を頼りに右足を前蹴りに蹴り出す。

——ドカッ！——

重い手応えと共に襲撃者は私に蹴り飛ばされた。勢いをかったまま私は叫んだ。

「どこの者ですか！　名乗りなさい！」

襲撃者の姿を視認する。焦げ茶の闇装束にマント。顔には革製の全マスク、それはあきらか暗殺者だ。その総数五名。ダルムさんも私に近寄ってくるなり告げる。

「嬢ちゃん、あんたを狙ってるらしいな」

「そのようですね」

私は腰に下げていた愛用武器——戦杖を抜く。

長さ二ファルド程度（約七〇センチ）で総金属製、握りとハンマー形状の打頭部があり、それを頑強な竿がつないでいる。それを抜き放ちかざしながら私は言う。

「私に居てもらっては困る人達が居るみたいです」

ダルムさんが頷きながら答える。

「それに俺が武器を置いてきてるんで女一人と丸腰の年寄り、まとめてやれるって思ったんだろう」

ダルムさんの愛用武器の重戦鎚は廃屋に置いてきている。代わりに手挟んでいた鉄煙管を抜き放った。

「なめられたもんだぜ」

煙管の吸口側を握ると棍棒のように持つ。総金属製の鉄煙管は護身用としては申し分ない。

ダルムさんが私に問う。

「やれるか？」

「愚問です」

私は一笑に付した。この程度の包囲で私をやれると思っているのだったら甘い話だ。私とて傭兵なのだから備えは当然してあった。

暗殺者たちは腰に下げていた短剣を抜き放った。両刃の直剣で長さは半ファルド（一八センチ）ほど。刃は肉厚で刺突に向いている形状だった。私はその短剣にシミレアさんから告げられた言葉を思い出した。

「キドニーダガー！」

「知ってるのか？」

「ええ」

それは〝優しい短剣〟の意味を持ち、広い地域で使われる汎用道具だ。それゆえに所属国や出自を特定されにくいと言う特徴を持つ。なぜ優しいかと言えば戦場で〝最後の介錯〟にも用いられるからだ。

気づけば五人の襲撃者はそつなく私たちを取り囲んでいた。

「生き残るには勝つしかありません」

「上等だ」

私の言葉にダルムさんは威勢よく答えた。右手に鉄煙管をにぎり眼前構えている。彼を背後に立たせながら私も戦杖を眼前に正眼に構えた。敵はまさに一斉に同時に襲いかかろうとしている。

抜き放たれていた五本のキドニーダガーが闇夜の中に光っている。

私たちが一人一つの武器をいなす間に、残りの三本のダガーが確実に私たちを仕留める魂胆なのだろう。

ならば――、

私はダルムさんに耳打ちした。

「私に背を合わせて」

その言葉と同時にダルムさんが私の背中に自らの背中を押し付ける。

同じくして戦杖のハンマー形状の打頭部を地面へと向けて勢いよく突き立てた。

「精術駆動！　地力縛鎖！」

私の声で〝聖句詠唱〟が響く。

戦杖の打頭部が地面を打つのと同時に、地精系の波動が広がり周囲の大地の重力場が操作される。

そして私と私に触れている者を除いたそれ以外が、自重量の増加で一気に地面へと引きつけられるのだ。

――ズズンッ!!――

鈍い地響きの音とともに地面を蹴っていた襲撃者たちは一気に大地へと叩きつけられた。なまじ前傾で飛びかかろうとしてただけに五人とも前のめりに突っ伏している。わたしが講じた策は見事に図にあたったのだ。

「それ、この間の哨戒行軍任務のときにも使った精術武具だったな」

「一応――、名前のない〝無銘〟ですけど」

「はは、名前で戦うわけじゃねえ。これだけ戦えれば十分さ」

周囲を見回せば、なすすべなく地面に這いつくばっている暗殺者たちが伏していた。

〝精術武具〟――フェンデリオルに古《いにしえ》より伝わる精霊科学である【精術】――一度は失われた伝承を武器／武具として復活させたものだ。風火水地の四種があり私が所有しているのは地精系。物の質量や慣性制御を自在に操ることが可能だ。それが形状や機能性に合わせてカスタマイズされている。私の武具の場合、打撃することで機能を発揮できるのだ。

私は襲撃者たちに告げた。

「地力操作――、大地の力にあなた達は拘束されます。銘のない安物の武器と思って侮ったのでしょう」

そしてダルムさんにも告げた。

「私と私に触れていたものは術の対象外です、今のうちです」

「おう」

ダルムさんが正面一人と右手一人、私は残る三人、またたく間に打ち据えて動きを止める。

相手が身動きできない分、容易いことだ。

だが術のかかりが浅かったのか一人が手ひどく抵抗しようとしていた。強くもがいて立ち上がろうとしている。それを見てダルムさんが左手に隠し持っていた暗器を抜き放った。

――万力鎖《まんりきさ》――

細長い鎖の両端に小型の分銅がつけられた武器で、首へと絡めたり武器を奪い取ったりする。左手を振り出す動きで万力鎖を繰り出すと、敵が持っていたキドニーダガーを絡めて奪い取った。

即座に手首を返して、その動きで首に鎖を絡めて締め上げる。

――ギャリッ！――

さらにはそのまま右に左に振り回して動きの主導権を握る。背後から羽交い締めに押さえ込むと、彼は鋭く叫んだ。

「息の根止めるぞ！　おとなしくしろ！」

　私は、それを尻目に残る三人の手から武器を叩き落とすと頭部や背面を滅多打ちにする。なにしろ暗殺を試みる程なのだ。これくらいは当然のこと。慈悲や哀れみなど必要ない。通常の軍隊の一兵卒ならこれくらいで仕留められるだろう。だが、眼前の革マスクの男たちは明らかに異常だった。

　額が割れ、明らかに骨が折れていると思われるようなダメージだというのに彼らは抵抗をやめない。そればかりか、私が仕掛けた精術による地力倍化の効果に抗い、体を起こそうとしているのだ。

「なんて体力、まだ立ち上がろうと言うの？」

「とんでもねえタフネスっぷりだな」

　私たちの眼下の革マスクの男たちはこれほどダメージを与えられたのにもかかわらず、意識を維持し増大した質量にも抗い半ば立ち上がろうとしている。私の精術の力の拘束は成功しているが、術を解けば今すぐにでも襲いかかってくるだろう。

「気を抜けませんね、後で他の部隊員を呼んで身体拘束作業を手伝わせましょう」

「ああ、その方がいいだろう」

「ですがその前にもうひと押し」

　ダルムさんが同意し、次の作業に入る。そう〝尋問〟だ。だが、ここまで抵抗を試みる彼らだ。念には念を入れたほうがいい。

「精術駆動、極所加圧！」

愛用の戦杖の先端の打頭部を真下に地面に突き立てる。その先端から火花が散り、なおも抵抗をやめない四人に火花が降りかかる。そして、その瞬間、彼らの肉体は潰れるような勢いで地面へと叩きつけられた。

——ズドンッ！——

巨大な石でも落下したような振動と音が響いた。術を食らった四人の自重が瞬間的に増大したのだ。

「これ以上は無駄に殺す可能性があるのですがやむを得ません」

「まぁ、しゃあねえな」

押し付けられたのではなく〝落下〟した状態なので彼らの意識は途切れつつある。私は全員が戦闘不能となったのを確かめ、ダルムさんが捕らえた一人に詰め寄った。鋭く睨みつけながら私は問いただした。

「素性を明かしなさい。おとなしく武装解除に応じれば生命は保証します」

男は沈黙したままだった。目をそらすことなく緘黙《かんもく》した。私はさらに強く畳みかける。

「言葉があるのでしょう？　早く答えなさい！」

意図して低い声で告げて恫喝《どうかつ》するが当然のように素直に白状はしない。精神的にもかなり鍛えられているようだ。ならば手段を選ばず拷問にでもかけるしかない。さてどうやって口を割ろうか？　その思ったときだ。

ダルムさんに首を絞められていた男が私を見つめて告げた。

「じょ、上級侯族一三家……」

その言葉にダルムさんが驚く。

「なに？」

さらに革マスクの男の声が続く。

「男神と女神の――」

それは意表を突く言葉だ。私は注意を惹かれてしまった。

敵の言葉が絶え、同時に妙な匂いがする。焦げた匂い、いやこれは、燃える匂いだ。

「離れろ！　ルスト！」

男の言葉に虚を突かれていた私を、ダルムさんの右手が強引に引っ張った。そして――、

――ドオオオオンッ――

大音響が響く。暗殺者の男の頭部が革マスクごと吹き飛んだ。革マスクには鉛の砕片が無数に仕込まれていた。頭部を粉砕して正体を隠すためと、敵対者へのダメージを残すためだ。

――ビシッ！　ビシッ！――

それが散弾のごとく辺りに飛散する。そのうちの一つが私の左腕に激しく食い込んだ。

「痛っ！」

左腕に激しい痛みが走る。だがその痛みに耽溺する暇はない。私は残る四人の状態に意識を向けた。

「まずい！」

痛みで、集中する意識が途切れてしまったのだ。地面の力による拘束は途切れ襲撃者の男たちに自由が戻る。しまったと思ったがもう遅い。ほんのわずかな隙をついて残り四人は瞬く間に立ち上がり一気に離れていく。即座に彼らの姿を目線で追ったがその気配はとっくり消えていた。

「あれだけダメージを与えたのに、なんて連中なの」

腕に向けた傷をもう片方の手で押さえながら私は小さくため息をついた。そんな私にダルムさんが語りかけてくる。

「大丈夫か？」

「平気です。それより――」

爆発による被弾で怪我をしたことで私の集中力は切れた。精術の発動は止まり生き残った四人をまんまと逃走せしめたのだ。

「逃げられた」

襲撃者は逃げた。残る一人は自ら爆死して素性を封じた。知らなかったこととは言え事件の核心へと繋がる糸を自ら手放してしまった事になる。それは深い悔恨となって私を打ちのめす。

だけど――

「ルスト隊長」

ダルムさんが私の肩を叩きながら語りかける。

「俺は何も聞いてない。それでいいな？」

襲撃者が残した言葉、あの場にダルムさんは居た。それに対する明快な答えだった。

「ありがとうございます」

老獪な彼の気遣いが私にはありがたかった。

気落ちしている暇はない。今もなお、怪しい企みが進んでいる。そして、このワルアイユの郷が真綿で首を絞められるように苦しめられているのもまた事実なのだ。

私は毅然と胸を張る。隊長として、指揮官として。そして力強く宣言する。

「皆を集めましょう。状況を整理します。それにあの手の者たちがあれだけとは考えられません」

私の言葉にダルムさんが頷いている。

「村を救いましょう」

「おう」

私は毅然として前を向きながら歩き出す。視界の先にはあの爆発で飛び起きた仲間たちの姿があった。

私は彼らに呼びかけた。

作業小屋から出てきた仲間たちが各々に行動を始めている。まずは状況を見聞する者たち。

「自爆だと？」

そう疑問を口にするのはドルスさんだ。

「煙が少ないのは種類からして綿薬だな。しかも首から上がまるごと消し飛んでる」

綿薬――木綿の綿を材料として硝酸を反応させて作った無煙火薬の事だ。威力は高いが扱いが難しい。対して木炭や石炭粉を材料として作る黒い火薬が黒色火薬でこちらは扱いやすい代わりに湿気に弱く煙が多い。

そう言うことに妙に詳しいのは彼が元正規軍人だった事も関係しているだろう。カークさんがそれに問いかける。

「証拠隠滅か」

「少なくとも正規軍でもトルネデアスの砂モグラでもねえな」

「〝兵隊以外〟ってことか」

「あぁ」

そして地面に転がっていた一振りのナイフを拾い上げる。

「キドニーダガーだな」

私は問うた。

「知っているのですか？」

「あぁ、敵兵や出自の怪しい連中がよく持っていたからな」

その言葉で背後事情が一気にきな臭くなる。

さらに続けてゴアズさんが言う。その顔には険しさが表れている。

「しかし荒っぽいやり方ですね。頭を丸ごとなんて」

さらにはバロンさんが言う。

「少なくとも正規部隊の人間ではない。いくら敵国同士とは言え捕虜規定はしかれているから黙秘も認められているはず。それがここまで正体を秘したいのは存在自体が明かせない地下組織的な存在と考えるのが妥当だろう」

適切な判断だ。そしてパックさんが残された遺体を探り始めた。

「私もそう思います」

焦げ茶の闇装束の襟元をめくる。

「これを見てください」

「え？」

そこに見えたのは東方系の人種の特徴で、その胸元にはのたうつ龍の紋様が彫られている。

「〝結社人〟です。フィッサールの各地に存在する秘密結社の構成員とされています。組織の全容は不明。しかし世界中に手広く組織の網を張り巡らせているといいます。ですがこれは――」

パックさんの唸るような声にドルスさんが続けた。

「単なる敵国の裏工作とかじゃねえな」

ダルムさんがため息を吐く。

「厄介だな」

「全くです」

私は痛む左腕を押さえながら同意する。そしてその場を遠巻きに眺めていたあの人が前へと進み出てきた。正規軍人のゲオルグさんだ。

「極秘査察任務の範疇を超えつつあるな」

「そのようですね」

「私の方から上層部に伝えておこう、テラメノ通信師、西方司令部へ打伝しろ」

「はい」

そして私はそれを眺めながら命じた。

「遺骸を移動させてください。人目につかないところへ」

「はい」

「了解です」

「了解」

カークさんやゴアズさんらが遺骸処置の命令に応じてくれた。浅く地面を掘って枯れ枝を積み上げるのが妥当だろう。

そして私の背後からドルスさんが歩み寄ってきた。周囲を警戒しながらそっと問いかけてくる。

「なんか、話が変な方に動いてねぇか？」

「えぇ、私もそう思います」

そうそっと答えればプロアが私の肩を叩いた。振り返ればプロアは無言で顎をシャクって視線でゲオルグ中尉を見ていた。彼にもあまりにも不審な点が多すぎるのだ。

「また――」

そう、またゲオルグ中尉は左袖の内側を眺めていた。

プロアとドルスさんに視線を投げかけながら私は目線で頷き返した。そして落ちていたキドニーダガーを拾い上げる。

この一振りの小さな刃物にはどれだけの陰謀が隠されているのだろう？　そして一体誰がこのワルアイユの里を踏みにじろうとしているのだろう？

「本当にアルガルド家が背後なのかしら？」

そう疑問を抱かずには居られなかった。

「隊長」

そっと声をかけてくるのはパックさん。

「手当てを。鉛毒が残っていると傷が腐ります」

パックさんが治療を申し出てくれた。

「ありがとうございます。お願いします」

私はパックさんの言葉に従うことにした。

ここを拠点とするのは危ない。別な場所へと移動する必要がある。このまま仮眠を取り、日の出前に移動すべきだろう。

難問が山積している。

陽の光はまだ見えなかった。

特別幕：――夢――

私はパックさんの治療を受けることになった。

敵の自爆の際に受けた鉛の細片、それが左の上腕に食い込んでいたからだ。パックさん曰《いわ》く、

「治療をします。少し荒っぽいですが傷口の内部を洗浄します」

その治療方針に傍らに居たプロアが問うた。

「なぜそこまでする？」

「鉛は基本的に毒です。女性用の白粉《おしろい》にかつては鉛から作られた物が使われていましたが、今では用いる人はいません。鉛中毒になり命を落とすからです。たとえ細片でも傷の中に鉛が残れば体調に影響します」

パックさんは自分の背嚢から医療用具を取り出した。

「それに火薬も基本的には異物であり毒です。傷が化膿すれば跡が残ります。男ならいざしらず、失礼ながら隊長は女性ですので。そう言うものは無いほうがいい」

彼が治療をすると言った理由の根本はそこだ。彼の治療は相手の人生や生き方にまで配慮が行き届いているのだ。

「なるほどよく分かった。なにか用意するものはあるか？」

「では火をお願いします。道具を消毒しますので」

「わかった」

「では隊長はこちらへ」

私は小屋の中に案内された。小屋の片隅ではすでにプロアが薪を並べて火をつけている。その傍らに案内されて腰を下ろす。衣類を脱ごうとするとテラメノさんが現れた。

「手伝うわ」

「ありがとうございます」

こう言うのはやはり男性より女性の手を借りるほうが心理的にも安心する。ボレロを脱ぎ、ロングのスカートジャケットを上半身だけ脱ぎおろしボタンシャツも脱ぐ。上半身はブラレットだけになって左腕を露出させる。その間、あまりの痛みに脱ぐのに苦労したが、そこはテラメノさんが手伝ってくれた。

小屋の入り口でダルムさんたちが様子を見ていたが私が衣類を脱いだことに気づくとこう言った。

「治療が終わったら教えてくれ」

そして小屋の中は私とパックさんとテラメノさんだけになる。傷口を見たテラメノさんが言う。

「マッチロック銃で撃たれたみたいになってるわね」

マッチロック銃とはすなわち火縄式の銃のことだ。傷口は単一ではなく傷の中でさらに広がっているように見える。パックさんが言う。

「銃の鉛弾もそうですが、命中した後に傷の中で砕けるんです。それがさらに傷をひどくする。ただ今回は鉛の細片が比較的小さいので傷口は小さくて済むでしょう」

そして、さらに左腕を除いて毛布を私の体にかけるといよいよ治療が始まった。

「隊長の手をしっかり摑んでください」

「はい」

テラメノさんが答えればパックさんは私にも言った。

「隊長、これを咥えてください」

彼が差し出したのは白い布を巻いたものだ。これを言われたままに口にする。

「麻酔をしている暇がないのでこのままやります」

言われた通りにするとテラメノさんが私の腕をしっかりと摑んで処置が始まった。

その後はひたすら忍耐だ。度数の濃い酒精《アルコール》を傷口にかけて消毒する。さらに火で炙った鑷子《ピンセット》で傷の中を探る。鉛の細片を探して丹念に取り出していく。

大きい細片が一つ、砕けた細片が四つ、さらに燃え残りの火薬カスも取れた。その間、傷口の中をいじられるのだから痛いことこのうえない。だが最後にもっと辛いのが待っていた。

「傷の中を洗浄します。しっかりと押さえていてください」

「はい」

パックさんが取り出したのは水銃、いわゆる水鉄砲のようなものだ。酒精をそれで吸い上げると、傷口にあてがう。

「行きます」

そう告げて水銃の押し棒を入れる。私の傷の中に高濃度の酒精が流し込まれた。

「ぐぅ――――っ!!」

流石にこれは痛い。でも傷が腐らないようにするためだからこらえるしか無い。テラメノさんも戦場経験があるのだろう。痛みに身を捩る私に対して手加減はしない。私をガッチリと抱いて押さえていた。

「堪えて、あと少しよ」

傷口は念の為に二回洗浄した。終わる頃には私は脂汗を体中から吹き出していた。

洗浄を終えると清潔な絹糸で傷口を縫う。その後に化膿止めの軟膏を塗り、油紙の上から包帯を丁寧に巻いていく。見事な手技で瞬く間に治療は終わったが、傷の痛みはまだまだ残っていた。衣類を着るのもテラメノさんの手を借りないと無理だろう。それでもなんとか着衣を身につけ、小屋の一番奥へと移動して腰を下ろす。

「終わりです。多少発熱するでしょうから、あとは朝まで休んでいただいたほうがいいでしょう」

「じゃぁ、私が隊長の様子を見てるわ」

「お願いいたします」

そして私にパックさんは粉末薬を出してくれた。

「紅参の粉薬です。化膿を防いで傷の治りを早めます」

それを飲んで身を横たえる。疲れが出たのか私は一気に眠りに落ちていた。

疲労と、痛みと、不安と、そして襲撃者から言われた〝あの言葉〟ゆえに私は眠りの中で〝夢〟を見ることになったのだった。


――夢を見た――


それは私がまだ幼い頃だった。

夏物の女児用のワンピースドレスを身につけて巨大な邸宅の庭園を歩いている。

どこから迷い込んだのか子猫が鳴いていた。私はそれを見つけて拾い上げた。

「お母さま。お願い」

私はその猫を飼いたいと告げた。お母様は少し困ったふうに笑みを浮かべたが、

「いいわよ。お父様にお話ししといてあげるから」

「ありがとう！　お母さま！」

私は満面の笑みで喜んだ。それから数日間、その子猫を大切に可愛がった。

でも――

「あれ？」

大切な子猫を寝かせていた寝床は空《から》になっていた。

「猫が居ない？」

不安になった私は仲の良い使用人たちにも聞いたが、誰も答えてくれなかった。

理由を教えてくれたのは[redacted]兄さまだった。

子猫はあの人、私の父親が命じて捨てられたという事。猫に触れようとした時に子猫が怖がって引っ掻いたのだ。それに激昂《げっこう》した父は腹心の部下に命じて猫を捨てさせたという。

「うそ？」

「残念ながら本当だ。辛いだろうが諦めておくれ」

「嫌っ！」

私は泣きながら子猫を探しに行ったがもうどこにも居なかった。

私はこの時、幼いながらも、自分の父親の非情さ無情さに恐怖を抱いたのだった。

悲しみに沈む私を慰めてくれたのは、お母さまと、お兄さまと、お爺さま。そして、私を可愛がってくれた執事。

私はあの時から、小さいながらも自分の父親を〝敵〟と認識したのだった。

——夢を見ていた——

私は軍学校に入学しようとしていた。

私が七歳の時だった。

それまでの日々の中で色々な出来事に出会い、もっと強くなりたい、もっと自分でなんでもできるようになりたい、そう思うようになっていた私は自分自身を鍛えるために正規軍の幼年軍学校への入学を決意した。

「お母様、私は正規軍の学校へと進みたいと思います」

私の決断に周囲はただただ驚くしかなかった。ただ母だけは少し困ったように微笑みながらこう答える。

「あなたがそう決めたのならば、やりたいようになさい。あなたは一度決めると曲げないものね」

母は分かっていた。目的を決めたのならば絶対に曲げない子だと。

「ありがとうございます」

少し早熟な自立だった。

それを許してくれた、お母様や、お爺様、お兄様、そしていつでも私の味方になってくれた執事に見送られて私は旅立った、寄宿制の軍学校へと。

「では、行ってまいります」

「気をつけて行ってらっしゃい。体にはくれぐれも気をつけてね」

「はい！」

必要な荷物を身につけ鞄を持って馬車に乗る。みんなが見送ってくれる中、馬車は走り出す。

私は馬車の窓から元気に手を振った。みんなが手を振り返してくれていた。でも――、

「お父様……」

あの人は見送りにはとうとう現れなかった。

私には興味も関心もないのだと思い知った日でもあった。


――夢を見ていた――


私は一四歳になっていた。

軍学校で研鑽を積む日々、通常ならば一八で卒業し配属となるところを、極めて優秀な成績を修めていた私は飛び級で進級させてもらえる事が決まった。

講師陣推薦で精術学専攻で学ぶ事となり軍学校と大学とを行き来する日々だ。

そんなある日、ある知らせが私のところに舞い込んだ。

軍学校の教官が私に告げた。

「――君、大至急ご実家に戻りたまえ」

「えっ？　どういう事ですか？」

「急報伝文が届いている。詳しくは送迎の馬車の中で読み給え」

「ありがとうございます」

私は礼もそこそこに実家へと向かう。そして、馬車の車内で伝文に目を通したがそこに記されていたのは想像を超えた事実だ。

「そんな――」


――兄上君、急逝。至急戻られたし――

それはお兄様の訃報、
愕然としながらも私は実家に戻る。心のどこかで間違いであってくれと願っていた。

だが、それは過酷な現実だった。

「お兄様――」

棺《ひつぎ》の中に収められたお兄様の亡骸《なきがら》はすっかりやつれて疲れ果てた顔をしていた。

「うっ、う、う――」

棺に寄りすがって泣き崩れた。誰よりも信頼していたお兄様、だがその瞼は二度と開くことはない。

事実を受け入れられずに、虚《うつろ》な状態で葬儀を終えた私は、現実から逃げるようにすぐに学校へと戻った。お母様やお爺様が自宅で休息を取ることを勧めてくれたが、その気にはなれなかった。とてつもなく嫌な予感がしたからだ。

学校の寄宿舎で喪に服すとして特別に休暇を取らせてもらい半月が過ぎた。そして、私はその耳に聞こえてきた噂話でお兄様の死因を知ることとなったのだ。

「あの子の実家のお兄さんの死因、分かったわよ？」

「うそ？」

「ほんと、箝口令《かんこうれい》敷かれてるけど、あちこちから漏れてるのよ」

「それで？」

「自死、毒をあおってそのままですって」

「本当？」

「らしいよ、かなり精神的に追い詰められてたみたい。それで――」

噂話に花を咲かせていた子ひばりたちは私に気づいてすぐに逃げていった。私にはお兄様の自死の理由は想像できる。

「あいつだ」

兄様の死の原因は、〝あの男〟に違いないのだ。葬儀のときも終始無表情のままで、終わるが早いか即座にまた出かけていった。どこに行ったのかは知りたくもない。

さらにその後、お兄様が軍学校を無理矢理に除籍させられて、苦悩していた事を知らされた。死の理由に確信を抱いた私は、それ以来あの父とは一度も会っていない。

――そして、また夢を見た――


長い長い夢、それは走馬灯のようでありそれでいて妙に現実感があった。

私が[redacted]歳の時の光景だった。

私は夢を見たのだ。

長年学び続けた軍学校、それを飛び級で私は卒業を果たすことになった。

卒業式を終えてこれからの日々に希望を持って向かおうとしていたその時だった。

私は実家へと呼び戻された。一方的の呼びつけの後で、あの人直属の執事から私は告げられた。

「あなた様には卒業後すぐにご婚姻なさっていただきます」

「えっ？」

「拒否はできません。これは当主直令で確定した事項です」

夢の中でその言葉が何度も繰り返される。

「ご婚姻なさっていただきます」

「ご婚姻なさっていただきます」

「ご婚姻なさって…………」

「ご婚姻…………」

「ご婚姻…………」

「ご…………」

私の視界は歪んで消し飛んで行った。


――夢を見ていた――


私は燃え盛る暖炉の前に佇んでいた。

私は衣装部屋《ドレッサールーム》に居た。

そこには、私自身に降り掛かった苦しみがあった。すなわち〝婚礼衣装〟だ。

純白のロングドレス、シュミーズドレススタイルで襟が首筋までを覆うハイネックが特徴的だった。

さらには頭頂からつま先まで包み込むようなロングベール、純白のシルク地の上には光り輝くビジューがちりばめられている。それが部屋の中央にこれ見よがしに飾られていた。

本当ならば喜びとともに身につけるはずの婚礼衣装を、忌々しげに見つめながら衣装掛けから外す。そして、それを部屋の壁の中ほどの暖炉へと運ぶと投げ込んだ。
さらにオイルランプも一緒に投げ込めば、その油と炎で婚礼衣装は真紅に燃え上がった。

――ヴォッ――

シルク地の婚礼衣装はよく燃えた。
その炎は私の中に潜んでいた静かな怒りを形にしたものだった。私はその炎とともに、実父への絆の糸を完全に断ち切ったのだ。
自ら焼き捨てた婚礼衣装の炎を前にこれからは一人で生きていくと決意を秘めていた。自分の力で前に進むのだと。

――夢を見ていた――

自ら命を絶ってしまったお兄様の部屋で私は別れの言葉を口にする。
お兄様の部屋の中には、生前を偲ぶ思い出になるようなものはすでに何もなく肖像画だけが遺影のように飾られている。それに向けて私は告げる。

「お兄様、私は、お兄様の分も自分の意志で生きようと思います」
ただただ薄幸だった愛するお兄様の思い出を噛み締めるしかできない。でもその時確かにはっきりと聞こえた。

――行くがいい、お前の望むままに――

ありがとうございます、お兄様。
私は今生《こんじょう》の別れとして一礼をする。
そして部屋の扉を静かに閉めると、そこから立ち去ったのだ。

――夢を見ていた――

夜の闇に紛れて私は故郷を離れた。北部郊外の街外れの人家《ひとけ》の少なくなった街道沿いに私は来ていた。

　ここから先は一人で歩いて行かねばならないのだから。

　馬車から降りようとする時、ふと目に入ったものがある。座席の背もたれの上ほどに、とある紋章が飾られている。


　――人民のために戦杖を掲げる男女神の紋章像――


　金の女神と銀の男神が精霊銀の杖状の一本の武具を左右から支えている構図で、私の実家の家系を象徴するシンボルだった。

「どうした？」

　紋章を見つめる私にお爺様が尋ねてくる。

「この紋章が気になるのか？」

　私は静かに答える。

「はい。この紋章、改めて見ると、とても愛おしそうに男女の神様が助け合っているように見えます」

　それは男女和合と共存繁栄を意味しているのだと聞かされた事があった。

　私の言葉にお爺様は私を慰めるようにこう答えてくれた。

「すまないな。お前に一番縁遠いものになってしまった。お前の兄のこと、お前自身のこと、私にも責任がある」

私は顔を左右に振った。

「いいえ、お爺様が悪いわけではありません。こうして旅立ちを見送って頂けるのですから」

馬車の扉が馭者《ぎょしゃ》によって開けられ、お爺様が先に降り、次が私。一つ一つ足取りを確かめるように馬車から降りていく。

その道のりはまだ夜の闇に沈み、星明かりだけが頼りと言う心細さだ。

だがそれを打ち消し勇気を与えるように、私の脳裏には、かつて学び舎の恩師の言葉が脳裏をよぎっていた。


【人は時には運命に抗い、家畜のように飼いならされる安寧よりも、命がけで荒野で狩りをするような狼の如き道のりを往く事も必要だ】


そうだ。それが今このときなのだから。その眼前を遥かに伸びていく道のりの先を見つめながら私はつぶやいた。

「私は家畜にはならない」

つぶやきは夜の闇へと静かに響く。

「卵を産むことだけを求められる鶏のような生き方は選ばない。たとえ飢えてやせ衰えても、自らの意思で荒野を歩む狼の生き方を掴み取る」

そうだ。まさにそのために、この場所に立っているのだから。でも――

今一度、最後に一度だけ、過去を振り返る。そこには佇むのは最愛のお爺様だ。

「お爺様」

「なんだね？」

「お母様にも、くれぐれもお詫び申し上げてください」

伏し目がちに語る私の頭をお爺様はそっと撫でてくれた。

「気に病むな。これは致し方ない事だ。私も二度目の悲劇は御免だ」

二度目の悲劇、その意味が痛いほどにわかる。

「お前はお前の道を行きなさい。お前ならきっと自分だけの道を切り開けるはずだ」

「はい」

私は静かに笑みを浮かべてお爺様へと頷いたのだった。

私は別れの言葉を口にした。

「お爺様、数々のご厚情、本当にありがとうございました。それではこれにて出立させていただきます」

いよいよ、永《なが》の別れのときだ。

「達者でな」

私を見送るお爺様の声はどこか寂しそうだ。それに対して詫びる気持ちを堪えながら私は応えた。

「お爺様も、幾久しくお元気で」

そう言い残し、軽く会釈をして身をひるがえして、まだ見ぬ土地へと歩きだす。

その時だ――、
私たちの頭上を覆っていた黒雲が左右に割れる。溢れんばかりの月明かりが降り注ぎ夜道を照らす。闇に隠れていた旅路の行き先を顕《あらわ》にしながら。

「天もお前の旅立ちを祝福するか」

お爺様が漏れるが、私は振り返らなかった。確かな足取りで闇夜の中の旅路をひたすらに歩いていく。

月明かりの下の旅立ちの時のあの光景が、鮮明に浮かび上がってくる。

私の人生の最大の分岐点となったあの日のことを。


――私は夢を見ていた――

――私は夢を見ていた――

――私は夢を見ていた――


長い夢を、長い長い夢を、そしてそれは目を覚ましても色濃く記憶の中に残っていたのだった。

＊

「ん……」

私は少しずつ目を覚ます。夢の中から現実へと戻ってくるとゆっくりとその瞼を開いた。

左腕に傷の痛みを感じながら目を覚ませば、私は大きく息を吸い込むとそれをゆっくり吐き戻した。

「ふぅ――」

その時傍らから声がする。

「お？　目を覚ましたか？」

「え？」

声のした方に視線を向ければ、そこに腰を下ろしていたのはプロアだった。

「プロア？」

「おう」

視線が合えば彼は笑いかけてくれた。

「途中でテラメノさんと交代したんだ」

「そうなんだ」

「ああ、ずっと寝ずの番というのも悪いと思ったからさ」

「うん、そうだね」

私もゆっくりと体を起こす。想像以上に汗をかいていたのがよく分かる。彼が清潔な布で私の額の汗を拭いてくれる。

「随分とうなされてたな」

「えっ？」

「夢見が悪かったのか？　かなり辛そうだったぞ」

そう語りかけてくる彼の顔はとても真剣に私のことを心配してくれているようだった。

もしかすると、私がうなされてなにか寝言でも呟いたのかも知れない。でも彼はそれ以上は尋ねてこなかった。

「うん、ちょっと昔のことを夢に見たの。辛かったこと色々とね」

「大丈夫か？」

「うん、大丈夫。もう終わったことだから」

「そうか」

彼は言う。私の肩に手を置くと私を寝かせながら。

「もう少し寝てろ。日が昇るまでまだ時間がある」

「うん。そうする」

私は素直に言うことを聞くことにした。再び体を横たえれば睡魔が襲ってくる。

「ごめんね。手間かけさせちゃって」

「気にするな」

彼は私の頭にそっと手を触れて撫でてくれる。

「おやすみ」

「うん、おやすみなさい」

プロアが見守る中で私はもう一度眠りに着いた。

今度は昔のことを夢に見るようなことはなかった。私はゆっくりと疲れを癒したのだった。

幕間３：バルワラ侯最後の夜

　ワルアイユの西のはずれの空に太陽が沈んでいく。人々は仕事を終えて家路についているところだ。

　ワルアイユ家の邸宅でも夕暮れ時の準備が始まっている。

　使用人たちが忙しく動いているその傍らで、領主執務室の中で領主であるバルワラは、メルト村の村長であるメルゼムと語らっていた。

「では、村の中で当家の代官のラムゼーの姿を見た者は誰もいないのですね？」

　メルゼムが頷いた。

「ええ、メルト村には訪れておりませんし、お話を聞きしてから村の若い者にも探させましたが、どこにもおられませんでした」

「そうですか。ご足労いただきありがとうございます」

　バルワラの言葉に村長は顔を左右に降った。

「いえ、お気になさらず。ご領主様のご指示とあればそれに従うのは領民の務めです。それより代官がどこに行ったかですね」

「少なくともメルト村はもとより、どこにも姿が見えないとなれば、ワルアイユから立ち去ったと考えるのが妥当か」

その事実にバルワラは大きくため息をついた。そして村長に告げる。

「メルゼム村長、ありがとうございました。代官の姿を見かけたらすぐにお知らせください」

「承知いたしました。それでは私はこれで」

そう言葉のやり取りをして村長は立ち上がると執務室から出て行った。

後に残されたバルワラは腕を組んで大きくため息をついた。

「ダルムさんの言っていた通りになった。あいつはクロだ。もはや敵として認識するより他はあるまい」

そう言葉を漏らした時、部屋のドアがノックされ許可を与えると執事のオルデアが姿を現す。

「旦那様、メルゼム様がお帰りになられました」

「ご苦労」

「それと夜食の準備ができております。ディナールームへお越しください」

「ああ、すぐ行く」

そして立ち上がり部屋から行くとディナールームに移動する。


ディナールームではすでに娘のアルセラがテーブルの自らの席で父であるバルワラを待っていた。

「おお、すでに来ていたかアルセラ」

「はい、久しぶりのお父様とのお夜食ですし、遅れるのはもったいないです」

「はは、そう言ってもらえると光栄だな」

娘の言葉にバルワラはしっかりと微笑んだ。父の笑顔にアルセラも笑顔で答えた。

「お父様、お土産に買ってきていただいたタルト美味《おい》しかったです」

「そうか、口にあったようで何よりだ。また機会があれば買ってきてやろう」

「本当ですか？　楽しみにしています」

「ああ、約束だ。それより食べようではないか」

「はい」

言葉を交わしあうと親子水いらずの夕食が始まった。

その日の夜のメニューは、香草詰めの鶏のローストをメインに、ジャガイモとミルククリームのホワイトポタージュ、川魚のムニエル、肉とほうれん草のパスタ包みのソース和え、レタスとチーズとトマトのコールスローサラダ、そしてデザートは桃のコンポートが供された。

会話が弾みながら楽しい夕食が進む。

ワインが封切られ甘口の赤ワインが二人の口を潤した。

楽しい時間が進み、食事も一通り終わりを迎えたところでバルワラはアルセラに問いかけた。

「お前も今年で一五歳になるのだったな」

「はい、お父様」

「一五歳なら、大人と呼んでふさわしい歳になる。ならばそろそろお前にも、次世代の領主になるために領主教育を始めようと思う」

「え？　領主教育ですか？」

「ああ、今まで色々と手が回っていなかったがそうも言ってられん。明日からお前の教育に関しては私が直々に判断する」

「本当ですかお父様？」

「ああ、私が不在の時は執事のオルデアに判断させる。オルデアも私のところで長年にわたり仕えてきた。領主として必要な資質が何なのか？　をしっかりと教えてくれるはずだ」

バルワラの言葉にオルデアが言葉を添える。

「僭越《せんえつ》ながら、私もできる限りのご助力をさせていただきます」

「はい！　こちらこそよろしくお願いいたします！」

喜んで領主教育について受け入れてくれたアルセラにバルワラも満足げに頷いた。

「うむ、期待しているぞ」

「それではお父様、私はこれから今日の領内巡察で見聞きしたものを報告書にしたためます。明日にはお見せできると思います」

「分かった、それついては明日改めて話を聞かせてもらおう」

「はい、それでは失礼いたします」

こうして会話を終えてアルセラは二階の自らの部屋へと戻って行った。それを見届けたうえでバルワラは、大きく息をついた。

「ふう、これで一つの節目を迎えられるな」

そうつぶやくバルワラの表情には深い安堵が浮かんでいる。そして傍らに控えているオルデアへと語りかけた。

「オルデア、これからもアルセラの事をよろしく頼むぞ」

いつにない真剣な語り口に、オルデアは胸に手を当てながら会釈をした。

「勿論でございます。主人とその家族に不足のない安寧な暮らしをお過ごしいただくことが使用人たる者の願い。不肖オルデア、これからも全身全霊をもって旦那様におつかえさせていただきます」

親愛なる執事の言葉にバルワラは満足げに頷いた。

「よろしく頼むぞ。さて、オルデア、すまぬが今日はこのまま休ませてもらう。このところ何かと忙しかったからな」

そう語る、バルワラは笑顔だったが、その表情の端々には疲労の色が深く刻まれていた。

「かしこまりました。ご就寝のご用意をいたします。このところ、お忙しい時間が続いておりました。お疲れを残さないことが肝要かと存じます」

それは執事であるオルデアなりの心遣いだった。

「すまんな、後はよろしく頼むぞ」

「かしこまりました」

そう言葉を残してバルワラは立ち上がり二階の自らの寝室へと向かった。

紳士用の寝巻きを用意してもらい、それに着替えて布団の中で就寝する。主人が就寝する様をオルデアは無言で見届けると、そっと寝室の扉を閉じた。

これが、バルワラ侯が家人たちの前で見せた元気な姿の最後となったのである。

＊

時計の針が深夜一時を指していた。

オルデアは不意に目を覚ました。寝巻きの上にガウンを羽織り、ランプを手に部屋から出て行く。そして邸宅内の廊下を一回りした。夜中に目が覚めた時、邸宅内の夜の見回りをするのは彼の長年の習慣のようなものだ。

途中、主人の寝室の扉をそっと開けて部屋の中の様子を窺う。そこで見えたのは、すこやかに眠りについているように見えたバルワラ侯の姿だった。

「お声掛けする必要もないでしょう」

そっとつぶやいてオルデアは再び扉を閉め、自らの寝室に戻ったのだった。

＊

――そして、朝が訪れた。

朝六時に目を覚ましたオルデアは身支度を整えると邸宅内を一通り見て回った。同じ時間に侍女長のノリアも目を覚まし、他の侍女たちと共に朝食の準備を始める。

オルデアはノリアに声をかける。

「お屋敷には特に問題はありませんね」

「はい、いつもと相変わりません」

見回りを終える頃には朝七時に差し掛かろうとしていた。

「旦那様を起こして参ります。朝のお茶の準備を」

「承知いたしました」

そのやり取りの後にオルデアは二階に上がり主人の寝室へと向かう。ノックして扉を開けて部屋の中の様子を窺う。昨夜と変わらず落ち着いて眠っているように見える。

だが――、

「おや？」

オルデアは違和感に気づいた。寝息を立てているのであれば呼吸の胸の動きに合わせて布団がかすかに動いているはずだからだ。さらにもう一つ気づいた。

「姿勢が全く同じだ」

昨夜、見回りした時と寝ている姿勢が全く変わっていないのだ。人間なら普通は何回か寝返りを打つはずだからだ。強い胸騒ぎを覚えてオルデアは急いで駆け寄った。

「旦那様！」

焦りを感じつつ大声で呼びかける。反応はなく体を強く揺さぶった。

「旦那様！　大丈夫ですか!?　起きてください！　バルワラ様！」

どんなに強く揺さぶっても主人たる人物は目を覚まさなかった。

「お願いです！　目を覚ましてください！」

その声は涙声であり悲鳴のようでもあった。

「あなたが今ここで倒れられたら！　ご息女のアルセラ様はどうなさったらよろしいのですか！　昨夜おっしゃられたじゃないですか！　領主教育を自ら手掛けると！　あの約束はどうなさるのですか！」

しかし、どんなに声をかけてもバルワラ侯は目を覚まさなかった。永遠の眠りに旅だった後だったのである。

オルデアはその顔をそっと触れる。その肌はすでに冷たくなっており、ぬくもりはない。その顔に手を当てても呼吸はなく、一切の生命の痕跡は残っていなかったのだ。

「あぁ――」

オルデアは力なく頽《くずお》れた。長年にわたり支え続けた自らの主人の命は、ついに潰えたのだから。

ちょうどその時、ノリアが目覚めのお茶を運んできたところだった。

「執事長様？」

呼びかけられた声にオルデアは我に返った。目元を拭うと残された力を振り絞り立ち上がる。悲しみに打ちひしがれるよりも、為すべき事があると気づいたからだ。

「侍女長、お話があります。そのお茶を置いてこちらへ来てください」

「はい」

ただならぬ雰囲気に戸惑いながらノリアは言われた通りにした。そしてオルデアから予想外の言葉を聞かされた。

「旦那様が亡くなられました」

「ええっ？」

「死因はまだ分かりません。できれば医学的知識のある方にご判断いただければ良いのですが、少なくとも村の責任者の方にも確認していただく必要があるでしょう」

「では村長のところに急いで遣いの者をやりましょう」

「それは私が手配いたします。侍女長はお嬢様に事実をお伝えください」

その言葉でノリアは大きく息を吸い込んだ。驚きと共に強い覚悟のようなものを飲み込んだ。気持ちを落ち着けるかのようにゆっくりと声を吐く。

「かしこまりました。お嬢様にもお伝え申し上げます」

「それでは早急に」

二人とも速やかに動き出す。

オルデアは男性使用人を探して村長のところに遣いを向かわせる。ノリアは邸宅内の侍女たちを集めるとオルデア侯ご逝去の事実を伝えた。

驚く者、黙り込む者、泣き出す者、頽れる者、様々な反応があった。

そうした者たちを前にしてもノリアは気丈に振る舞った。

「大変辛い状況ですが、私たちは日常通りに業務をこなさなければなりません。厨房の者は朝の食事の支度をそのまま続けてください。清掃に携わる者は抜かりなく邸宅内の清掃に従事してください。その際、何か不審なものがあれば手を触れずに私や執事長に報告するように。よろしいですね!?」

ノリアも本音で言えば大声で悲鳴をあげたいくらいに泣き出したい。しかし、そうすることはできないのだ。なぜならば――、

「私は、お嬢様に事実をお伝えいたします」

その言葉が皆の動揺を抑えた。今この瞬間、一番悲しみを抱くであろう人物が一体誰なのか？　すぐに悟ったからだ。

「これからどうなるのか皆目検討もつきませんが、一つだけわかることがあります」

一呼吸置いてノリアは告げた。

「お嬢様に再び立ち上がっていただかなければ、このワルアイユは立ち行かないということです」

その言葉を聞いた侍女の一人が答えた。

「侍女長、お嬢様をよろしくお願いいたします」

そして彼女たちはそれぞれの持ち場へと散っていく。


とてつもなく重い気持ちを引きずりながらもノリアは二階へと上がっていく。そして、アルセラの部屋の扉をノックする。

「お嬢様、失礼いたします」

部屋を開けると朝の光の中でアルセラはすでに目覚めていた。部屋の片隅のドレッサーの前でスツール椅子に腰かけて髪にブラシをかけていた。

「おはようございます お嬢様」

「おはよう、ノリア」

その瞬間、ノリアはどのタイミングで事実を伝えるか思案する。先に着替えてもらってからの方が良いだろう。

「早速ですがお着替え願います」

「ええ、よろしくね」

そして、クローゼットから着替え一式を取り出すとベッドの上に並べていく。アルセラの寝巻きを脱がし、下着も替えさせて日常着に着替えさせる。

ソフトコルセット、パニエ、ペチコートと身につけて行き、濃紺色のプリーツスカートと白いブラウスを身に着ける。襟元には嗜みとしての大粒のカメオのブローチがあしらわれる。さらに足元にソックスを穿かせてリボンで縛る。

さらに髪型を整えて結い上げて出来上がりだ。

ノリアはスツール椅子に腰かけたままのアルセラの前で両膝をついて目線を下げると、しっかりと正面からアルセラの両手を握って事実を告げた。

「お嬢様、気をしっかり持ってお聞きください」

「え？　何かあったの？」

屈託なくほほえみながら問い返してくるアルセラにノリアは意を決して事実を伝えた。

「――お父上がお亡くなりになりました」

「――――」

ノリアは勇気をふるって事実を告げた。でも、アルセラの反応はなかった。何を言われたのか明らかに理解の外だったからだ。

「何を言ってるの？」

「ご理解いただくのが難しいであろうことは重々承知しております。ですが本当に、あなた様のお父上のバルワラ侯は昨夜のうちにお亡くなりになられました」

そこまで告げられてもアルセラの表情は硬いままだった。

残酷だが、事実をしっかりと伝え理解を促す必要がある。ノリアは語りかけた。

「お父上にお会いになられますか？」

アルセラは無言で頷いた。

ノリアは立ち上がるとアルセラの手を引いて立ち上がらせた。そのまま、バルワラ侯の寝室に向かう。そこではすでに執事のオルデアが待機していた。

「お嬢様をお連れいたしました」

「ご苦労様です。アルセラお嬢様、こちらに」

オルデアがアルセラを、バルワラ侯のベッドへと案内する。

その上で安らかな眠りについているバルワラ侯と対峙させた上で事実を告げた。

「昨夜、深夜のうちに、当家ワルアイユ家ご当主バルワラ・ミラ・ワルアイユ侯、ご逝去あそばされました。心よりお悔やみ申し上げます」

その言葉を言い終えてオルデアが深々と頭を下げ、ノリアもそれに倣って頭を下げた。

再び寝室の中に沈黙が訪れる。未だなお現実が認識できていないアルセラだった。

しかしそれでも、否応なしに彼女の心の中へと入り込んでいく。

膝をついてベッドサイドでバルワラに近寄ると声をかける。

「お父様――」

アルセラは永遠の眠りについた父の頬にそっと手を触れる。それはとても冷たく命のぬくもりは一切感じられない。

「お父様、目を覚ましてよ」

その言葉に父は答えない。

「約束したじゃない、色々教えてくれるって。これから必要なこといっぱい教えてくれるって」

その言葉に答えるものはいない。

アルセラはその身を乗り出してバルワラ侯の胸にすがりついた。

「お父様、嘘だって言ってよ。私これからどうしたら――、ねぇ」

アルセラは夢中で父親の胸を揺さぶった。それでも、父は目覚めなかった。

「お父様ぁああああ！」

絶叫が響いた。泣き声が広がった。

「わぁああああああ！」

そこからは言葉にならなかった。

バルワラ侯にすがりつき泣き叫ぶアルセラをただ見守ることしかできなかった。

西方辺境領ワルアイユ領領主ワルアイユ家当主、バルワラ・ミラ・ワルアイユは、こうして天に召されたのである。

第３話：令嬢アルセラの悲嘆とルストの決意

――精霊邂逅歴三二六〇年八月五日早朝――

――フェンデリオル国、西方領域辺境――

――ワルアイユ領メルト村――


私たちは太陽が地平線から顔を出す前に起床すると態勢を整えた。携帯食で簡単な朝食をとると速やかに行動を開始する。襲撃者が現れた以上、さらなる危険を防ぐためにもこの場に留まり続けるわけにはいかなかった。

火も灯さずに身支度を終えると速やかにあるき出した。

向かうのは、そう――メルト村だ。

野営拠点から離れると私は周囲を見回した。昨日のメルト村潜入で大まかな土地感覚は理解できた。次の再集合場所を決定する。

「この分かれ道から東へ半シルド（約二キロメートル）ほど行ったところに高台があります。ここからも見えるはずです」

私たちが立っていたのは分かれ道の道標《みちしるべ》のある場所だった。左手に向かえばラピス鉱山、右手に向かえばメルト村へと向かう。そのメルト村へと向かうルートの途中に小高い丘陵を見つけたのだ。村全体を見下ろしつつその身を隠すのには丁度いい場所だ。

私は部隊を二つに分けることにした。

「鉱山監視班とメルト村調査班とに分けます。拠点維持の残留は不要ですから。

まず、鉱山監視はカーク二級を指揮役としてバロン、ゴアズにお任せします。ゲオルグ中尉とテラメノ通信師はそちらに同行してください」

「了解した」

私の言葉にカークさんが同意する。そして私は続ける。

「さらに私を含む残りの五名はメルト村へと向かいます」

「昨日の調査の続きだな？」とドルスさん。

「はい、領主の身辺状況をさらに探ります」

私は更に告げた。

「なお、鉱山監視の際に厳命があります、くれぐれも偵察と調査に徹して何があっても手を出さないように」

「何があってもですか？」

そう問い返してきたのはゴアズさんだ。他の人もわずかに疑問の表情を浮かべている。ここは厳命の理由を伝えなければならないだろう。

「はい、あくまでも調査任務に徹するためです」

「わかりました」

異論の声は出なかった。

「では行動開始！」

私は強く宣言する。皆が黙したままそれぞれに歩き始める。

査察任務の二日目に向けて、私もドルスさんたちを導きながら歩き出した。

途中何度も背後を確かめれば鉱山監視班は視界から消えていた。それを確認して私はプロアにそっと耳打ちをしたのだ。

「ルプロア三級」

「あ？」

面倒そうに答えるが私は構わずに続けた。

「鉱山監視班を監視してください」

「カークのおっさんたちをか？」

不審げに問い返してくる。だが私は否定した。

「いえ、見守っていただくのはそちらではありません」

その言葉にプロアさんはピンときたようだ。

「あぁ〝アイツ〟か」

口元に笑みを浮かべて意味ありげに答える。私が意図するところに気づいたようだ。

「わかった。何かあったら知らせる」

「お願いします」

そんな言葉のやり取りののちにプロアさんも私たちから離れていく。気取《けど》られないように鉱山監視班を尾行するために。

「私たちも行きましょう」

そして私は一路、メルト村を目指したのだった。

＊

高台から降りる下り道を過ぎると村が視界に入ってくる。それを横目に私達は村の中へと入っていく。

私とパックさん、ダルムさんとドルスさんとに別れて行動しようとした時だった。村の目抜き通りで人だかりがあった。何やら激しくざわめいている。

昨日のことを考慮して、私とパックさんが歩み寄った。パックさんが村人に声をかける。

「何があったのですか？」

「あぁ、昨日の先生――」

先日、薬を売った人々の顔が垣間見える。その彼らの表情は一様に暗く、焦りと怯えを浮かべていた。彼らの中の一人が重い口を開いた。

「ご領主様がお亡くなりになられた」

領主――、私たちの調査対象としようとしているバルワラ侯の事だ。

突然の出来事に驚きつつもどこか心の中にこうなるという予感のようなものがあったのは否定できない。

今もなお沈痛な面持ちの村人たちが口々に不安を言葉にしていた。

「これからどうなるんだ」

「お嬢様がおられるが、まだ次期当主をこなすのは」

「くそっ、アルガルドの連中が何をしてくるか」

不幸は畳み掛けると言うが、これはそんな生易しいものではない。見えざる悪意を感じずにはいられない。パックさんの手前、弟子の立場を装うつもりだったがもはやその段階ではない。

私の心の中でなにかが音を立てて切り替わる。

「ありがとうございます！」

先陣を切って感謝を口にすると一気に走り出す。残りの三人も速やかに後を追ってきた。

「バルワラ侯の邸宅は？」

ダルムさんが言う。

「こっちだ」

私たちは一路、ワルアイユ領主の邸宅へ向かったのだった。

＊

メルト村の市街地を通り抜け東へと向かう。そして、村周辺の耕作農地の東南の外れの方に、その建物はあった。

飾り気のない赤黒いレンガ造りの二階屋の建物。敷地を囲う塀はなくヒイラギの生け垣が設けられているだけだった。

辺境の地方領主とは言え、その簡素極まる邸宅の装いに私は一瞬驚きを隠せなかった。


――この質素な邸宅が領主宅？――


まさに、質実剛健と言う言葉がふさわしいような佇まいだった。

屋根も飾り気のない三角屋根でバルコニーも見張り台となるタレットも無い。

とにかく余計な構造物がなにも無いのだ。

質素であること――、
このワルアイユ領の歴代の領主たちが、そのことにいかに価値をおいているかが見ているだけでも伝わってくる。

「ここですか？」

私はあえてダルムさんに問うた。

「あぁ、そうは見えないってみんな言うがな」

思った通りの言葉が帰ってくる。逆に言えば、地方領でも領主の邸宅というのはそれなりに威厳を示すべく飾り立てるのが世間的セオリーだ。そう、ワルアイユの領主というのはそう言う虚飾を望まないのだ。

一気に駆け抜けてきた私たちは邸宅を前にして歩みを緩めると、ダルムさんを先頭にして邸宅の敷地へと入り込んだ。

そこには申し訳程度の庭しか無い。娯楽目的の庭園を設けるより前に、耕作地として開放してしまうのだろう。

あとは正面玄関の前に馬車を止めるための広い石畳があるのみだ。その石畳を駆けながら私たちは邸宅の扉に向かうが、近隣の領民たちが十数人ほど集まってきている。

「失礼、道を開けてください」

私が声を発すれば、人垣は左右に割れる。そして館の扉を私たちに示すのだ。

ダルムさんが先導してその扉を開ける。扉を開けたすぐにエントランスホールが広がるが人影はない。その代わり慌ただしさを感じさせるような物音が聞こえてくる。邸宅内の混乱が伝わってくるかのようだ。

ダルムさんが叫ぶ。

「俺だ、ギダルム・ジーバスだ！　誰か居るか!?」

邸宅内にダルムさんの声が響く。するとすぐに二階へとつながる階段から一人の人物が姿を現す。

「これはギダルム様」

「どうした？　何があった？」

ダルムさんが問いかける先には一人の中高年世代の男性が立っていた。襟元に白いスカーフを巻きダブルボタンの燕尾服。その装いから執事クラスの人物だとすぐに分かる。その人物が説明を始める。

「旦那様が急逝なされました」

「バルワラが？　多少疲れていたとは言え昨日、あんなに覇気があったんだぞ？」

「それは承知しています。ですが朝方にはすでに事切れておりまして」

「そうか、それで死因は？」

ダルムさんが問いただすが、執事であろう彼は虚しく顔を左右に振るだけだ。私は数歩進み出てダルムさんに問いかける。

「この方は？」

ダルムさんが答えてくれる。

「オルデア・マーガソン、バルワラの執事だ」

私へと説明をすると今度は執事のオルデアさんに説明を始めた。

「彼女はエルスト・ターナー、俺が今、所属している部隊の隊長だ」

「おお！　それは」

恐縮するオルデアさんに私は名乗った。

「エルスト・ターナー二級傭兵です。同行しているものは私の部隊の部隊員です。大変な事態だとは存じていますが、私たちになにかご協力できる事があろうかと思います。ご領主が急逝された現場を拝見させていただけませんか？」

全くの通りすがりの傭兵風情に邸宅内を探られるのは不都合のほうが多いはずだ。だが、オルデアさんは亡き領主の親友たるダルムさんが居ることで覚悟を決めたのだろう。私達に対してすぐに顔を縦に振った。

「承知いたしました。お助けいただけるのであれば幸いです。是非に御覧ください。まずはこちらへ――」

そう答えつつ、オルデアさんは私たちを招いていく。その後を追うように、エントランスホールの正面に設けられた階段を上っていく。そして、上がってすぐに左右に真っすぐ伸びる通路を左手に折れて歩き出す。その先に領主の寝室があるようだ。

「どうぞ、こちらがご領主、バルワラ様の寝所となられます」

通路の片隅に両開きの重い扉が据えられている。飾り気のない質素な木製扉だとは言え、その風格がこの館の歴史の古さを物語っている。おそらくはこのワルアイユ領の代々の領主はここで毎夜のように眠りを迎えていたのだ。

オルデアさんが扉を開く。私たちはダルムさんを先頭にしてその中へと入っていった。

そこに居たのは数人の使用人たち。簡素な装いの小規模な邸宅とは言えあまりにも少ない人数だ。驚く私たちをよそにしてダルムさんが叫んだ。

「おい？　ラムゼーの奴はどうした？」

聞き慣れない名前が出てくる。その言葉に女官の一人が答え返す。

「代官様ですか？　それが昨日より姿がお見えになられなくて」

メイド服姿のメイドの一人が発した言葉に私は問いかけていた。

「どなたのことですか？」

ダルムさんが静かに告げる。

「ラムゼー・ゲルセン――ワルアイユ領の代官でバルワラの側近をしていた男だ。外面は良いが裏の顔はとにかく強欲で、こすっからい男だ。だが金銭管理と商人との交渉には才覚があったから、バルワラのやつもそれなりに信頼していたようだ。大胆な裏工作を仕掛けるほどの度胸はなさそうだったがな」

その説明を耳にしてドルスさんが言う。

「典型的な小悪党――って所か」

「あぁ」

代官――執事よりも立場は上であり、領主不在の時には領主に成り代わり、領地運営を任される立場の者を指して言う。領主が不慮の死を遂げたのならば、このような場所には居なければならないはずだ。それが居ない？

視線を投げかければ、ダルムさんは憤懣《ふんまん》遣《や》る方無いという表情で荒く吐き捨てた。

「くそっ、ラルドの野郎、こんな時にどこ行きやがった！」

「え？」

　その言葉と表情には長年に渡る怒りと苛立ちが込められている。ダルムさんもその人物には好意を抱いていないのはあきらかだ。だが、先程とは違う名前だ。説明をしてくれたときはラムゼー、今叫んだ名前はラルドだ。別人なのか、同一人物なのか、詳しい事情を聞かねばならない。

「ラルドとは誰ですか？」

　私に問われてダルムさんは珍しく戸惑いの表情を見せたが、覚悟を決めたのか冷静な表情になり私のそばで耳打ちするように告げた。

「ハイラルド・ゲルセン、ラムゼーの正体だ」

「どのような方ですか？」

　私の声にダルムさんはそっと耳打ちするように言う。

「二〇年前、俺が執事を辞める理由になった一件に噛んでいたと言えばわかるだろう？」

「領地の乗っ取り事件？」

「あぁ」

　だが、流石にダルムさんも、オルデアさんたちの居る前では話したくないのだろう。それ以上は詳細を明かしてはくれなかった。ともあれ、今ここに居ない人物のことはこれくらいでいいだろう。

「それより――」

　私たちは現状を確かめることを優先せねばならない。まずは領主バルワラ侯の死亡状況の確認だ。バルワラの遺体のある方へと私達は向かった。

そこには天蓋付きのベッドがあった。天蓋の周囲にレース地のカーテンが下げられている。そしてその天蓋の下には一人の人物が眠るように横たわっている。彫りが深く見えるのは、心労と心痛からすっかり痩せ衰えてしまっていたからだろう。

「バルワラ――」

半ば絶句するようにダルムさんがその名を呼ぶ。だがその声に領主は答えない。

ベッドの上で布団にくるまれるようにしてその身を横たえたままだ。

その顔にはこのワルアイユの地を守るために死力の限りを尽くして抵抗していた日々の労苦が刻み込まれている。だがその体は起き上がる事はもう無い。彼は志《こころざし》半ばにして倒れたのだから――。

「お前いったい何やってるんだよ、あれだけ言ったじゃねぇか」

ショックをうけつつも、一歩一歩、着実に歩いていく。そして、ベッドサイドに佇むと眼下に敬愛するバルワラの亡骸を見下ろしていた。ダルムさんは絞り出すように呟いた。

「あとに残されたアルセラはどうすりゃいいんだよ！」

たたずむダルムさんのかたわら、ベッドのそばで、バルワラ侯の右手の方へとすがりつくようにしてすすり泣いている人がいる。

年の頃一五歳くらいのブロンドの美少女で、村の広場で姿を見たアルセラだった。彼女に視線を向けながら足音を忍ばせて、近づいていく。そして、ダルムさんの背後からそっと耳打ちするように問いかける。

「彼女がバルワラ侯のご息女ですね？」

「そうだ。アルセラと言ってバルワラの一人娘だ」

すでに散々泣き声をあげたのだろう。号泣する余力すら無いのだ。私はさらにダルムさんに問うた。

「ご家族は？」

ダルムさんは顔を左右にふる。

「居ない」

聞けば母親は病で十数年前に死亡、祖父も祖母も流行病ですでに鬼籍に入っている。

そう、アルセラは天涯孤独になってしまったのだ。

私はかける言葉がすぐには見つからなかった。

こんな小さな体の少女がこれほどまでに苦しめられなければならない謂れは一体どこにあるというのだろう？　それを思うと体の底からふつふつと怒りが湧いてくるのがわかる。

だが義憤にかられるのはまだ早い。

ダルムさんのそばから離れて一旦周囲を見回して、軽く息を整えると、私は今為すべきことへと意を決して指示を下した。

「事態を収拾します。まずは調査です。各員に命じます」

私は部隊の者たちに告げる。

「ランパック三級は死因の確認をお願いします」

「心得ました」

「ルドルス三級は邸宅屋外や周辺を調査してください。何か異変の証拠があるかもしれません」

「わかった」

二人が速やかに返答をする。パックさんはバルワラ侯の遺骸へと歩み寄り、ドルスさんは足早に邸宅の外へと向かった。

残るのは私とダルムさんだが――

「ダルムさん、邸宅内の異変を調べてください。なにか痕跡があるはずです」

「わかった」

「私はのちほど〝彼女〟と話してみようと思います」

私の視線の先にはアルセラがいる。ワルアイユの本来の当主が落命している今、彼女がこのままでは事態を収拾させるのは困難だ。私が何を意図しているかダルムさんもすぐに気づいたようだ。

「頼むぜ。こう言うのは男の俺ではどうにもならん」

「おまかせください」

そう言葉を残すと私はそのための準備を始める。周囲でオロオロするばかりの侍女たちに声をかける。

「皆様にお願いがあります。お嬢様を自室にて休ませてあげてください。お父上の亡骸は丁重に扱わせていただきますので」

突然現れた部外者である私には彼女たちも不審げな視線を向けてくる。だがそれに取り合う暇はない。私は力強く告げた。

「お願いします！　普段から接しているあなた方にしかできない事です！　それとも、アルセラ様をこのまま泣かせ続けるのですか？」

私が何を言おうとしているのか伝わったのだろう。数人居る侍女たちの中でも一番経験豊かそうな一人が進み出てくる。

「かしこまりました。お任せください」

そして彼女は常日頃から接している風にアルセラ嬢の両肩をそっと掴みながら声をかける。

「お嬢様、別室にておやすみになられてください。事後のことは執事長とこちらの方々が助けてくださいます」

その侍女はよほど普段からアルセラさんと対話をしていたのだろう。彼女の声には直ぐに反応した。ゆっくりとではあったが、泣きはらした顔のまま立ち上がり、そっと私たちに頭を下げ、侍女たちに促されるようにこの部屋をあとにしたのだ。

私は執事長であるオルデアさんへと問いかけた。

「失礼ですが、ご領主様の昨日のご様子をお聞かせいただけますか？」

オルデアさんが私の顔を見つめながら言葉を発し始める。そこには主人とともに過ごした苦難の日々がにじみ出ていたのである。

「旦那さまはこの一年、ずっと御苦労なさっておられました」

「隣接領地との諍いですね？」

「はい――」

オルデアさんがかすかに視線を下へと落とす。

「あのアルガルドから連日のように続けられている領地運営妨害、これを中央政府に告発するための準備を続けていたのです」

「やはりアルガルドだとご領主様は摑んでらっしゃったのですね？」

「はい、良心的な行商人やアルガルド家と対立している小領主と連携して連名で告発するおつもりだったのです」

「その筆頭人がバルワラ侯」

私の言葉にオルデアさんは頷いた。

「ですが――それに反対する者がおりました」

それが誰なのか想定はつくが、私はあえて問いかけた。

「どなたですか？」

「代官のラムゼーです。彼は告発することでアルガルドの妨害がさらにエスカレートすると頑《かたく》なに主張していました」

「なぜ？　メルト村では乳幼児の風邪の治療すらできなくなって生命の危険すらあるというの

に？」

「わかりません。常々、告発以外の手段を講じるとは言っていましたが具体的な案は何も――」

まぁ反対している理由は想像できる。今この状況下で居ないという現実が彼の素性の怪しさを証明しているような物だからだ。オルデアさんは更に続けた。

「昨日も告発を断念するようにと旦那様と口論をしていました。ですが話し合いは翌日に持ち越すとだけ私にはお伝えくださいました」

「そして、その後は？」

「旦那様は、お嬢様との夕食の後、日没後早めに就寝すると言い残してご寝所へと入って行かれました。大層お疲れのご様子だったのであえてその夜はお声がけはしていません。それがまさかこのようなことに」

だがその言葉にはオルデアさんの強い後悔がにじみ出ていた。

「お姿を見たのはそれが最後。お疲れでらっしゃったのは確かなのですから、せめて夜のうちに具合だけでも拝見しておけば――」

オルデアさんの声が震えている。彼は主人の体の具合を配慮してそっとしておいたのだが、それが仇になった。そう思えても仕方のない状況だった。もしこれが心労と疲労による急逝だとするならばだ。だが私はなにかが強く引っかかっていた。

そもそも、この時点でバルワラ侯が急死するのが話が出来すぎている。姿を消したハイラルドと言う人物の行動がそれを裏付けているように思うのだ。

「ルスト隊長！」

ダルムさんが大声で私に呼びかけてくる。私は足早に彼のもとへと向かう。館の窓の一つから外を確かめている。

「どうしました？」

私が問えば、ダルムさんは窓枠の一部を示してこう告げた。

「これを見ろ」

ダルムさんが指差す先の外壁面の箇所には、すこし縦長の傷——ナイフあとのような傷があった。それは——、

「大きさから言ってキドニーダガーの物と符合しますね」

「昨夜の襲撃者のやつだな」

「はい」

「それと、これだ」

彼がさらに指し示したのは壁面に強く残った足跡だ。登ろうとして滑ったような土跡があるのだ。

「よじ登って足を滑らせて思わずナイフを突き立てた、ってところだろうな」

「たしかに」

するとちょうど屋外からも声がする。ドルスさんだ。

「隊長！　不審なところを見つけた！」

「わかりました。こちらへ戻ってきてください！」

「わかった！　今行く」

ドルスさんからの声が返ってくる。

「ルスト隊長！」

それに頷くと同時に傍らでパックさんも私に声をかけてきた。どうやら彼の方も答えが出たらしい。

「どうですか？　パックさん」

「謀殺の証拠を現認いたしました」

「なに？」

ダルムさんも驚きの声を上げる。私と彼とでパックさんのところへと駆け寄った。

「どういうことですか？」

「これを見てください」

パックさんはバルワラ侯の寝間着のガウンの襟元をまくるとその左肩を露出させていた。左肩の鎖骨の後ろ側の辺り――――そこに虫刺されのようなポツンとした傷跡がある。明らかに死亡前の生きているうちに加えられたであろう刺し傷だ。

執事のオルデアさんも一緒に眺めている。その彼が疑問を口にする。

「これはいったい？」

「まさか？　針？」

私は一つの可能性を考えた。その答えにパックさんが頷いた。

「そのとおり。これは〝針〟による密殺です」

「密殺!?」

オルデアさんが蒼白となる。ダルムさんも言葉を吐いた。

「突然死に見せかけた暗殺か」

彼はちらりと寝室のドアを眺める。

「アルセラが居なくてよかったぜ。到底聞かせられる話じゃねぇ」

言っていることはわかる。だが、いずれは伝えなければならないだろう。

私はパックさんの顔を見つめて答えの続きに耳を傾けた。

「眠り薬を嗅がされ昏睡させられたあとに左肩の鎖骨の後ろの隙間から極めて細長い針を刺し入れて心臓を一突きにした物と思われます」

「なんと!?」

「肩から針を？」

オルデアさんと私、驚きを口にすればパックさんは冷静に解説を続けた。

「似たような手口をフィッサールのとある秘密結社が用いていたのを見聞きしたことがあります。よほど正確に人体の構造を把握していないとできない芸当です。それに口元からはかすかに薬品のような匂いもします」

パックさんが出した結論をダルムさんが補足するようにつぶやいた。

「職業的な暗殺者だな。素人ができる芸当じゃやねえ」

「それも自然死に見せかけた高等暗殺です。麻酔薬も東方系のものでしょう。その手段について熟知していないと専門の鑑識官でも判別はできないと思われます」

だが東洋人であり東洋系の薬物にも詳しいパックさんが居たのは我々にとって僥倖だった。

昨夜、私を襲った連中が脳裏をよぎったが、私を襲ったのは片手間で、むしろこちらのほうが本命だったのだろう。しかし――

「でもなぜ？　この段階で領主であるバルワラ侯を？」

そうだ。それが一番疑問だ。

もしワルアイユ領の権利を明け渡させるのであれば、素知らぬふりをして圧力を加え続ければいいのだ。どんなに抵抗しても領民たちの生活と尊厳を考えれば領地の所有を断念したほうがお互いに解決は早いはずだからだ。だが――

「なぜ殺してしまったのだろう？」

私がそう疑問を口にしたときだ。ドルスさんも戻ってきていた。

「隊長」

「ルドルス三級」

「報告だ。屋敷の周囲の生け垣の一つに不自然に枝が折れた箇所があった。その先の花壇や芝生にも本来であればありえない足跡があった。館の裏、この寝室に近い位置から最短を抜けて壁をよじ登ったんだろう」

「二階家ならその筋の者《もん》ならロープも使わずに壁をよじ登れるからな」

ダルムさんの出した補足に私も頷いた。

「それで間違いないと思います。そして、侵入すると眠り薬で熟睡させた後に針で刺殺した――過労による心臓麻痺に偽装させるために」

それにしても何故だろう？　何故このような凶行に走ったのだろう？　アルワイユ領の統率を維持できなくするためか？　だとしても、なぜわざわざ異国の暗殺手段を用いるのか？　そこはかとなく脳裏に不安な思いがよぎらずにはいられなかった。

私たちが答えを導き出したその隣では執事のオルデアさんが領主のバルワラ侯の遺骸の着衣を丹念に治そうとしていた。パックさんも一緒に肩の刺し傷痕に白い布を当てていた。まるで生きているものに治療を施すように。

パックさんがオルデアさんにいたわるように告げる。

「ご領主様は苦しまずに亡くなられたと思われます」

その言葉を聞かされてそれまで堪えていたものが堰を切ったのだろう。オルデアさんは右手でその顔を覆うと嗚咽《おえつ》しながらこう答えたのだ。

「ありがとう――ございます――、それがわかっただけでもせめてもの救いです。寝る間も惜しんでこの郷を守ろうとしていたその矢先に――、くっ！」

その嘆きの声は、バルワラ侯のやせ衰えた風貌と重なり、残酷かつ悪辣な現実を私たちに突きつけてくる。そしてそれは決して見過ごしてはならない物なのだと痛感せずには居られなかった。

「執事長さんをお願いします」

領主とともに苦労を重ねたであろうオルデアさんを労らずにはいられなかった。

「わかった。こっちは任せろ」

「はい、アルセラさんを見てまいりますので」

「頼むぜ」

ここの事後を任せて、私はアルセラさんのところへと向かう。

途中振り返れば、ベッドサイドで片膝を突いたダルムさんが語りかけていた。

「あとはゆっくり休め、バルワラ。アルセラとこの郷のことは俺たちが引き受けた！」

そうだ。今この窮状に手を差し伸べられるのは私たちしか居ないのだから。

私は領主の寝所をあとにした。

＊

二階の主廊下へと出ると先程の侍女たちを捜す。するとさっきの侍女長が廊下の突き当たりの一つの部屋の前で佇んでいた。私は彼女へと声をかけた。

「失礼いたします。アルセラ様は？」

私の問いかけに彼女もまた疲労をにじませながらも笑顔で答えてくれた。

「お嬢様は自室にてお休みになられております。ですがまだお元気を取り戻されてはおりません」

「そうですか」

私より拳一つ分くらい高い背丈の彼女に問いかけることにした。

「傭兵部隊を率いているエルスト・ターナーと申します」

「侍女長のザエノリア・ワーロックです。ノリアとお呼びください」

「ご丁寧にありがとうございます。ではノリアさん。少しお聞きしてよろしいでしょうか？」

冷静な面持ちで話しかける私に彼女は不審がることもなく落ち着いて答えを返してくれた。

「どうぞ、なんなりと」

どうしても辛い現実について掘り起こさねばならないが、この人ならば冷静に答えてくれそうだった。私は意を決して告げた。

「ここ最近の領地内の様子や、ご領主様の身辺についてお聞かせいただきたいのですが？」

そう問いかけた瞬間、ノリアさんはこわばった表情を見せたが、それもすぐに和らぎ覚悟したかのように少し寂しげな表情で答え始めた。

「ご存知かとは思いますが、このところ隣接領であるアルガルドからと思われる妨害や嫌がらせが連日のように続いていました。領地内での領民の生活への妨害はもとより、この領主邸宅への嫌がらせや悪質ないたずらがあったのも事実です」

「嫌がらせ――ですか？」

「はい――、窓を割る。落書きをする。家畜や犬猫の遺体を放り込む。ボヤ騒ぎや侵入騒ぎ。立て続けに起きる騒動に心労からやめてしまう使用人も現れる始末でした」

あまりに程度の低い行為に私は思わずあっけにとられてしまう。だが、思えば領主を精神的に痛めつけるのもまた冷静な判断力を奪うという意味では効果的なのも事実だ。

「ですが――」

だがノリアさんは心の中に秘めていた物をしっかりと大切にするかのように言葉を一つ一つ噛み締めながら語り続けた。

「私を始め、たくさんの者たちが領主様から御恩を受けております。なによりお父親亡き後のアルセラお嬢様の事を考えるとこの屋敷を離れるわけには行きません。まだ心身ともに大人になられるには時間もかかります」

「一五歳とお聞きしております」

「はい、まだ家族に甘えたいお年頃のはずです」

そのとおりだ。私は自分自身の一五歳の頃のことを無意識に思い出していた。

「私は領主様に物心ついてすぐに雇われました。貧しい農家の末娘だったので捨てられてもおかしくありませんでした。そんな私をご領主様は使用人見習いとしてお引取りくださると、お嬢様とともに姉妹のように優しくしていただきました。文字の読み書きや礼儀作法や社会常識、数多くの事を教えていただきました」

「素晴らしいご領主様だったんですね」

「はい。私にとっても父親のようなお方です。その恩返しのためにも、ここを離れるわけには行かないのです」

「そうでしたか」

それは〝絆〟だった。

人が当然のように持ちうる信頼関係であり愛情関係だ。私があのブレンデッドの街で駆け出し傭兵として生きていけたのも多くの人々との信頼があってのことだった。

それを思うと、この館の主だったバルワラ侯がいかに素晴らしく気高い人だったかがよく分かるのだ。ならば――

今ここで為さねばならないことは一つしか無い。そして、おそらくは――

「ノリアさん。お願いがございます」

「はい？」

おそらくは私にしかできないはずだ。

「アルセラさんと二人だけで話をさせてください」

「――――！」

私の言葉にノリアさんが表情を固くさせているのがわかる。

当然だ。突然現れた素性もわからぬ小娘に大切な息女の事を委ねていいのか普通は迷うはずだ。実際、ノリアさんは私をじっと見つめながら迷っていた。だが、私は自らの意思を伝えるためにも目線をそらさず彼女を見つめ続ける。ほんの少しの間、沈黙が流れていたが彼女の視線が私からかすかに離れた。

少しばかり思案した後に真剣な表情で私の方に顔を向けてくる。そしてとても落ち着いた声でこう答えてくれた。

「かしこまりました。お嬢様をよろしくお願いいたします」

彼女は決断してくれたのだ。

「ご決断。ありがとうございます」

「では、こちらへ」

そう答えながらノリアさんはアルセラさんの自室の扉を開けてくれる。

「失礼いたします」

そう答えながら私はこれからの局面を背負うはずの彼女へと歩み寄っていったのである。

＊

樫の木の両開きの扉——領主寝室同様、年季が入っていてその歴史の古さを感じさせる。

それをそっと開きながら室内へと足を踏み入れるが、明かりは灯っておらず、カーテンも引かれていて薄暗かった。

その室内には一人の少女が横長のソファにて覇気《はき》なく腰を下ろしていた。

「失礼、入るわね」

そう声をかけるが、ノックにも声にも少女は反応を示さなかった。その彼女の名は、

――アルセラ・ミラ・ワルアイユ――


このワルアイユ領の領主の一人娘だ。

そして昨夜にその唯一の家族である父親を失ったばかりだ。

上品な濃紺のプリーツスカートも、純白の可憐なブラウスも、襟元の大粒のカメオのブローチも、愛娘のために父であるバルワラ侯が身に着けさせた物なのだろう。ただその装いの中の彼女の表情は固く張り詰めて沈んだままだ。

アルセラは私の声にも関心を示さず、すっかり心を閉ざしている。当然といえば当然だが、このままで良いはずがない。まずは私から名乗ることにした。

「私はエルスト・ターナー。ワルアイユの郷を調べるために来た傭兵部隊の隊長をしている。そこで今回の事件に出会ったのだけれど、その事について少しあなたとお話がしたいの」

そう努めて穏やかに問いかけるがアルセラは反応を示さない。だがこの程度のことは想定済みだ。

私は彼女に告げる。

「答えなくていいから、話だけでも聞いて」

そう話しかけ、彼女の隣へと腰掛ける。あえて向かい合わずに隣り合うことを選択した。

「私、あなたの気持ち、わかるの」

忘れようとしていた過去の封印を解いた。そして自らのつらい過去の一端を解放しながら語り続けた。

「私も家族を亡くしているのよ、仲が良かった実の兄を。もう五年近く前になるわ」

それは自分自身の心の傷だった。だがそれをあえて口にする。

「父親と折り合いが悪くて悩みに悩んで、自分自身を追い詰めた挙げ句、遺書を残して毒をあおってしまったの」

そう。兄はもう居ない。あの時の喪失感と孤独感を忘れたことはただの一度もない。

「ずっとこれからも一緒にいるはずだった人が突然姿を消す、そんな事、たとえ何年かかろうとも納得できることなんてありえない。そしてそれが、理不尽な理由であればなおさら〝失った〟と言う喪失感は決して消えることはないわ。だから――」

不意にあの時の衝撃が私自身の中で蘇る。だが嘆きも泣き声も上げるわけには行かない。ぐっと堪えて語るべき言葉を探しだした。

「あなたが今、お父上を失ったことの苦しみは自分ごとのように分かるのよ」

そう告げながらアルセラの顔を窺えば、戸惑いつつも私の方へと視線を投げている。それは彼女が少しだけでも心をひらいてくれた事の現れでもあった。

「あなたにもう後が無いこともわかるわ。でもね」

私は自らの右手をアルセラの左手の上にそっとのせる。

「あなたにはまだ失われて居ないものがある」

それは明確な事実だ。私が投げかけた言葉にアルセラがハッとさせられているのがよく分かる。驚きと戸惑いがその表情の中に浮かんでくるのだ。

彼女の顔を見つめながら私はさらに語りかけた。

「あなたには、あなたの事を案じてくれている執事さんや侍女の人たちがいる。なにより村の人たちがいる。あなたは何もかもをなくしたわけではないわ」

私はアルセラの手を両手でしっかりと握りしめながら強く語りかけた。

「彼らのためにも、あなたは成すべきことがある！」

それは過酷な責め立てだったかもしれない。だがそれだけは忘れてはならない言葉なのだ。

私はさらにアルセラに問いかける。

「あなたのお祖父様が、そしてお父上が、連綿と必死になって守ってきたこの土地を！　ワルアイユの故郷を！　無法者の輩《やから》たちにむざむざ踏みにじられていいの？　あなたはそれで納得できるの？」

それはアルセラの心にナイフのように刺さるだろう。たとえそうだったとしても、絶対に退いてはならない〝最後の一線〟があることを彼女にも解ってもらわねばならなかったのだ。

私から突きつけられた強い言葉に彼女は怯えたような表情を浮かべた。そして弱々しく顔を左右に振った。そうだ、彼女も納得はできないのだ。でもアルセラは涙を浮かべながら堰を切ったように語りだす。

「でも、どうして良いかわからない！　何も教わってきてない！　お祖父様もお祖母《ばあ》様も居なくて、お母様も亡くなられて、お父様しか居なかった――、でも必要なことを教わる前にお父様は逝ってしまわれた――」

力尽き、私の胸の中に崩れるように倒れると嗚咽をあげながら彼女は叫んだ。

「わたし領主として振る舞うことなんてできない！」

そこから先はアルセラの泣き声しか聞こえなかった。彼女の言葉から判ったのは、次々に倒れていった家族たち。

最後に残った父親もアルセラを次期当主として教育する余裕すら無かったという事実。そして――、

――当主の留守を預かり、次期当主であるアルセラ嬢を教育する役目を負うべき〝代官〟が何もしていないと言う事実――

ラムゼー・ゲルセン、バルワラ侯の密殺とともに失踪した不審人物、本当の名前は別にありハイラルドと言うらしい。その人物は以前からワルアイユ家が家督継承が困難になるように計

算して動いていたのでは無いだろうか？

普通ならバルワラ侯がいつ倒れても良いように、最低限の当主教育はされているはずなのだ。そうでなければ領地運営を率いる人間が居なくなってしまう。否、だからこそ今、このような状況になっているのだから。

家族が失われ――、

故郷が狙われ――、

領民たちが追い詰められ――、

家族同様に過ごしてきた使用人たちも苦しめられている――、

その事実を前にして何を行うべきか判断ができない。アルセラはそう嘆いている。だが泣いていると言うことは『でき得るならなんとかしてこの窮地を乗り越えたい』と言う思いの裏返しではないだろうか？

そうだ、この子はまだ絶望してはいない。

自分に課せられた役割の大切さをしっかりと認識している。ならば――、

ならば私がするべきことはなんだろう？

あぁ、そうだ。

――私はこの時のためにこの地に導かれたのだ――

私はアルセラに優しく語りかけた。

「アルセラ、一つだけ聞いて」

アルセラは私の胸にすがりつきながらそっと顔をあげてくれた。その顔を見下ろしながら私は告げた。

「領主や侯族って言うのはね、たった一つの事だけさえできていればいいのよ」

「え？」

私の言葉に不思議そうに戸惑いを浮かべながらも、じっと聞き入ってくれている。私は続ける。

「領主というのはね――、

――毅然として胸を張って立っていればいい――、
そして、誇り高く前を見据えたまま〝これから何をすればいいか？〟その指針を示しさえすればいいのよ」

アルセラの小さな体を抱き寄せると、その髪を愛おしくなでながら教え諭した。

「あとの事は周りにいる者たちがなんとかしてくれるものよ。このお屋敷の執事さん、使用人さんたち、村の村長、相談役、青年部の若者たち。そう！　あなたには彼らが居るわ！」

私はアルセラに残されて居る人のことを指折り数えるように教えていく。

「そして、あなたが分からないことがあれば〝どうして良いか？〟〝何をしてほしいのか？〟を問えばいい。そして、返ってきた答えを適宜判断して、返事をすればいい。たったそれだけの事なの」

私の胸の中でじっと聞き入っていたアルセラだったが、殻を破って羽ばたこうとしている小鳥のひなのようにその顔をあげてじっとこちらを見つめている。もう涙は止まっている。

――そう、ひな鳥が殻を破り始めたのだ――

アルセラは静かに頷いてくれる。まだ小さいが確かな覚悟が彼女の中に芽生え始めているのだ。

そして、私も彼女に確約するべき言葉がある。アルセラの両手を私の両手で握りしめながら、その言葉を告げた。

「それでももし、どうして良いかわからない事があるのならば、私があなたの力になる！　あなたの力となってこのワルアイユの郷を守ってみせる！」

「え？」

私が発した言葉にアルセラが驚き、戸惑っているのが分かる。彼女は言う。

「そんな、どうしてそんな事が言えるの？」

まぁ、当然の言葉だろうね。見ず知らずのよそ者が現れて、あなたの力になると言われても信じろというのが土台無理な話だ。

「理由《わけ》を知りたい？」

アルセラが顔を縦に振った。私の言葉の理由を求めている。それなら教えてあげる。私はアルセラをその頭をひき寄せるように両手で抱きしめる。そして、その耳元にそっとつぶやいたのだ。

「私の本当の名前は…………」

それがアルセラの耳に届くのと同じに、彼女の顔がまたたく間に驚きへと変わっていくのが解った。

「でも、誰にも内緒よ？」

「はい」

アルセラがニコリと笑みを浮かべていた。まるで自分の妹のような彼女を私はしっかりと抱きしめた。

「理不尽は恐ろしいもの。そして、どんなに拒んでも襲いかかってくるもの。しかし！　たとえそうだったとしても、高貴なる者はうつむくことも、嘆くことも許されない。それが平民よりも高い身分で生まれた者の宿命なの」

そうだ。それだけはどんなに逃げても、いずれは覚悟を求められるものなのだ。

「思い出して、アルセラ！　あなたのお父様は領民たちの前で俯いていた？　使用人たちの前で愚痴をこぼしていた？」

私がそう問えばアルセラは明確にはっきりと顔を左右に振った。

もうそこには一切の嘆きは無かった。小さくとも領主として当主として、覚悟を決めた者の力強い瞳がある。

「もう分かるわよね？　あなたが今なすべき事はそれよ。お父様の真似から始めましょう」

「はい！」

アルセラが私から体を離して静かに立ち上がる。その背筋はピンとしていて、静かに微笑みながら私の顔をじっと見つめていた。私も立ち上がりながら言う。

「事件が解決したらお父様のお墓を建てて弔いましょう」

「はい、今は大切なこのワルアイユを守ろうと思います」

「ではまず、一つ一つ準備をしましょう」

「よろしくお願いします」

絶望の底から這い上がり、アルセラは立ち上がった。

その力強さが頼もしく思えたのだった。

＊

アルセラが一定の落ち着きを取り戻した今なら、ある重要なことを伝えられるだろう。

彼女をソファに座らせるとその隣に腰掛けて、彼女の両手を握りしめながら語りかけた。

「アルセラ、一つ、大事なことを伝えるわね」

私のその言葉のニュアンスに彼女の顔が緊張するのがわかる。だが、彼女はしっかりと頷いた。

「はい」

小さく吐き出されたその言葉は、彼女の覚悟のほどを示していた。私ははっきりと告げた。

「貴女のお父上、バルワラ侯は病死では無いわ。暗殺よ」

暗殺――、その言葉を耳にした時、アルセラの目が大きく見開かれる。ショックを受けているのは間違いないが、不思議と取り乱したりはしなかった。私から視線を外し、頭上を仰ぐとゆっくりと息を吐く。

「やっぱり、謀略を仕掛けてくる者が居たのですね」

「えぇ」

「もしかしてそれはアルガルドの者たちですか？」

私は顔を左右にふる。

「いいえ、まだ確定したわけではないわ。これから真実がより明らかにされるでしょうね」

「ならば――」

アルセラはしっかりと立ち上がった。

「かたきを討つのは新たなる領主たる者の役目ですよね」

「ええ、そうよ」

私も彼女とともに立ち上がる。

「ルスト隊長、お力をお貸しいただけませんか？」

「もちろんよ。私はそのためにこの地に導かれたのだから」

私は彼女の手を握りしめる。彼女も私の手を握り返してくれた。

そこからの彼女の行動は早かった。

自室から出ると、部屋の前で待機していた侍女長のノリアさんへと語りかけた。

「ノリアさん。ご心配をおかけしました」

「お嬢様！」

「もう大丈夫です。必要なことを始めましょう」

「かしこまりました」

泣くのをやめ明確に行動を示し始めたアルセラの姿にノリアさんも安堵しているのが分かる。

そして間を置かずにアルセラは指示を下す。

「ノリアさん。館の者たち全員に旅支度をさせてください。この館を一旦離れてメルト村の人たちと行動をともにしようと思います」

「一旦、この館をお閉めになられるのですね？」

「はい、お父様が何者かに討たれた今、ここも決して安全ではありません。少しでも人の多いところへと移動し、村の皆と連携を密にしたいと思います」

「承知しました。お嬢様のお支度も用意させていただきますので少々お待ち下さい」

「頼みましたよ」

「はい」

そこにはもう狼狽《うろた》えるだけの女の子は居なかった。小さくとも己の役目を理解している当主がしっかりと立っていたのだ。

ノリアさんも私へと視線を投げかけながら黙礼する。そこには確かに感謝の気持ちが込められていた。

さらに二階の廊下を歩き、亡きバルワラ侯の寝室へと向かう。

寝室へと入るなりアルセラは執事のオルデアさんへと語りかける。

「執事長」

「お嬢様？」

「心配をおかけしました。もう大丈夫です」

「おお、それは何よりです。それでこれからの事ですが」

「それについては腹案があります。ですがその前にお父様の亡骸を移動させておきたいと思います」

一つ一つ、判断をしつつ明確な言葉を発するアルセラの姿に、執事長のオルデアさんが安堵しているのが分かる。そしてその顔は主人に対する執事のそれへと戻っていた。

「承知しました。地下階に使われていない棺があったはずです。それに収めて暗所へと安置いたしましょう」

「お願いいたします」

そしてアルセラは眠るように息を引き取っている父バルワラの姿を一瞥しながらこう告げたのだ。

「事態が解決してから、あらためてその御霊《みたま》を弔いたいと思います。それまではしばしお休みいただきましょう」

「承知しました。ご決断、感謝の極みにございます」

執事として、前当主に仕えたものとして、アルセラの決断と行動は頼もしく、そして、ありがたいものだったに違いない。オルデアさんの顔にも誇りと勇気が湧いているのが解る。

私の目の前でアルセラはダルムさんに歩み寄ると今すぐにその目を見て語りかけていた。

「ギダルムのおじ様」

「アルセラ」

彼女に声をかけられて神妙な面持ちでダルムさんは詫びの言葉を口にしていた。

「すまねえな、間に合わなくて」

アルセラのその小さな肩に手をのせる。しかし、彼女はその手を両手で受け取ってしっかり握りしめるとこう答えていた。

「いいえ、十分間に合いましたわ。今、こうして駆けつけて助けていただいてるのですから。願わくば今回の事件が解決するためにルスト隊長ともどもお力をお貸しいただけませんか？」

その小さな両手でアルセラはダルムさんの手をしっかりと握りしめていたが、ダルムさんも、もう片方の手を添えると握り返す。

「無論だ。ワルアイユの平穏と、アルセラ――、お前の未来のために力を貸すと約束しよう」

するとその時、握手する二人の手に、傍らに居合わせたドルスさんとパックさんも、自らの手をそれぞれ乗せていく。

パックさんが穏やかな口調で語りかける。

「一期一会と言う言葉があります。私たちがここに居合わせたのは何かの御縁です。ぜひお力添えをさせていただきましょう」

さらにそこにドルスさんがにこやかに笑いながら言った。

「そういうこった」

三人の手の温もりはアルセラを確実に勇気づけていた。目を潤ませながらアルセラは感謝の言葉を口にする。

「皆様、本当にありがとうございます」

「礼はいい。今はやるべきことをやろうぜ」

「はい！」

やりとりの後に行動を開始するオルデアさんを横目に、私はダルムさんたちにも行動を促した。

「ご遺体の処置を手伝ってあげてください。男手が少ないはずです」

「承知した、行こうぜ」

「おう」

「心得ました」

ダルムさんが発した言葉に、ドルスさんとパックさんもすぐに動き始める。

それを見送るとアルセラは私へとこう告げた。

「一緒に来ていただけませんか？」

「ええ」

アルセラに導かれながら一階へと下りる。そしてエントランスホールのその隣りにある領主の執務室へと場所を変えた。そしてそこは亡きバルワラ侯がこのワルアイユの郷を守るために日々の政務をこなしていた場所でもあるのだ。

漆黒の黒檀の政務机が据えられており、その席の背後には壁一面の祭壇が設置されていた。高さは七ファルド（約二メートル四五センチ）ほどはあるだろうか？　古めかしく造られたそれが、代々のワルアイユ領主に引き継がれて来たことがありありと伝わってくる。

その祭壇の一番奥に、ガラス製の小扉があり、その向こうに何かが安置されているのが見えた。

アルセラは勝手知ったるように執務机の引き出しから鍵を取り出し小扉を開けた。

その中から取り出されたのは一つのペンダントだった。

三つの銀色に輝くリングが重なり合っており、リングが三重に重なる部分に大粒のサイオラピスクリスタルがはめ込まれている。おそらくは三つのリングも何らかのサイオラピス素材だろう。

「それは？」

私の問いにアルセラが答えた。

「我がワルアイユ家に代々継承されている家宝です。精術武具だとも言われています」

「精術武具？」

「はい。光精系で名前は『三重円環《さんじゅうえんかん》の銀蛍《ぎんけい》』。領地と臣民に光をもたらしてくれると言われています」

精術武具――、フェンデリオルに伝わる精霊科学である精術――その産物である特殊器具だ。

私が腰に下げている戦杖もそうした精術武具の一つだ。

アルセラが手にしているのは、ペンダント型の精術武具だという。それを私へと手渡してくる。それが何を意味しての行為なのかすぐに解った。

「かけてあげるね」

「お願いします」

銀鎖を両手で広げると、アルセラの首へかけてやる。自らの胸元へと収まったそれをアルセラは位置を確かめていた。銀色に光り輝くそれは、まさにアルセラがその胸の中に秘めた強い思いを象徴するかのようだ。すなわち、父の遺志を継ぐという覚悟だ。

「これで名実ともにワルアイユ家の当主となったわね」

「はい。ありがとうございます。父も安堵していると思います」

「私もそう思うわ」

大切な人の死を乗り越えるのは容易なことではない。だがアルセラはそれを乗り越えるべく立ち上がった。己が為すべきことを見据えながら。

「幼い頃何度か父が使い方を手ほどきしてくれたことがあります。頑張って使いこなそうと思います」

懸命に前を見据えようとするアルセラのその小さな肩を私はそっと触れながら告げる。

「できるわ。覚悟を決めたあなたなら」

「はい！」

「行くわよ。領地とそこに住む無辜《むこ》なる市民たちを守るわよ」

「心得ております。では参りましょう」

ときは来たれり。

それがワルアイユを守るための長い戦いの始まりの時だった。

私たちは執務室を後にするとノリアさんのもとへと向かったのである。

終幕

西方司令部の夜

物事には、表があれば裏がある。
ルストたちの知らぬところで、囁きあう二人の男女が居た。
彼らは何を語り合っているのだろうか？

今、物語を巡る、もう一つの〝歯車〟が動こうとしていた。

私たち《ルスト》の傭兵の街ブレンデッドから東へ四日ほど行った所に大きな街がある。

――西部主要都市ミッターホルム――

中央首都から馬車にて四日ほどの所に存在し、フェンデリオルの西方辺境への入口となる街だった。

そして、フェンデリオル最大規模の地方司令部である西方司令部が存在している街でもあった。

そこに私たちのあずかりしらない所でかわされている会話があった。

その会話の主は――

――西方司令部作戦司令部ガロウズ・ガルゲン――

司令部第二部長をしている少佐だ。

彼は軍人らしからぬ人物と、ただならぬ会話をしていた。

それは私たちが出立した日の夜のことだった。

＊

暗褐色のレンガ造りの庁舎——そこに西方司令部がある。

その建物の中の作戦執務室に二人の人物が待機していた。

ガロウズと一人の女性で、二人はその手に赤酒の入ったグラスを手にしながら、革張りのシートに腰掛けて居た。


女はフード付きのマントコート姿で、その中は漆黒のドレス姿で明らかに軍人ではなかった。黒髪に白い素肌。赤く引かれた口紅が色濃く映えていた。酌女とも花街女ともとれなくも無いが、放っている気配が庶民階級のそれではない。貴族・侯族、高級商館の女性オーナー、あるいは闇社会の幹部級——。

いずれにせよ、気安く近づける種の女性でないことは確かだ。

対峙する男は軍服姿。肩章と胸の略章の星の数がその格を物語っている。

細面で鋭い目つきに手入れが行き届いた顎髭が印象的だった。

「やっとシナリオが始まったな。ニゲル」

女は苦笑しつつ返答する。

「その名はやめてくれない？　二つ名の〝黒猫〟で通してるの」

「それはすまなかったな」

ガロウズはニゲルへと詫びた。

「それよりガロウズ少佐、例の査察部隊、イレギュラーがあったそうじゃないの」

ガロウズは、この政務室の主だ。シートの肘掛けに持たれながら答える。もたれながら答える。

「隊長役がな、想定していた爺さんではなくなったそうだ。何でも一七歳のガキで女だそうだ」

「なにそれ？」

想定していた事が通らなかったのが不満なのか、女が隊長役となったのを揶揄《やゆ》されたのが不満なのか、ガロウズの言葉に黒猫は不愉快そうにする。ガロウズは卓上の資料から一枚の身上書を取り出し黒猫へとわたした。

「これだ。エルスト・ターナー、隊長職を執行可能な二級傭兵だ」

それを受け取りながら黒猫は訝しげに眉をひそめた。

「一年半ほど前に傭兵になって、その数ヶ月後に、えっ⁉　二級昇格？　一年にも満たないのに？」

その身上書に記載されていた数値に黒猫は驚きを隠さなかった。

ガロウズは冷静に当時の事情を語る。

「当時の事を探らせたが、筆記試験は完璧、模擬戦闘試験では並み居る二級志願者をまとめ上げて卓越した指揮を執っていたそうだ。まるでこなれていたかのようにな。審査官も彼女の経歴が気になったそうだがフェンデリオル北部の山岳地帯の出身と言う出自に間違いはない。身分詐称の証拠も出てこない。二級資格を却下するいわれは無かったそうだ」

「それで外せなかったの？　人選から？」

「あぁ、哨戒任務でもそつなく隊長役をこなしたと言うし、問題のある年上の三級傭兵を見事にいなしたそうだ。とある林業用山岳地の警備任務でも、山賊の襲撃に対処し部隊の壊滅を防いでいる。それだけの実力を持つ人間だ。他の隊員からも彼女を外すことに意義が噴出してな、意見を呑むしか無かったそうだ」

「そう、それじゃ例の七人は」

「予定通り」

「ふうん、分かったわ。〝あの方〟へ知らせておくわ。工作対象を変更したシナリオに修正するわね。それよりあの文書は？」

黒猫はガロウズの説明に合点がいったようだった。話題を変えて問いただした。

「私の手の中にある。証拠案件として西方州政府の了解も取っている」

「くれぐれも外部流出させないようにね。今回の作戦の〝肝〟だから」

「分かっているとも。早期に関係機関に提出してボロが出るのは避けたい。ここぞと言う時に提出するさ。それより――」

ガロウズは空になったグラスをテーブルに置いて言う。

「〝あの連中〟との約定は間違いないのだな？」

黒猫は酒の入った大瓶を手にしてガロウズのグラスに注ぎながら答える。

「えぇ、そのへんは任せておいて。連中の考え方は分かっている。絶対に裏切らせないわ」

「失敗すれば私もお前もあの方もただでは済まない」

不安を口にするガロウズに黒猫は言う。

「あら。案外気が小さいのね」

それは皮肉。だがガロウズは一笑に付した。

「慎重と言ってほしいね」

「そうね。軽率な男よりは安心できるものね」

そしてガロウズにグラスを勧めながら、黒猫は言う。

「飲み直しましょう。西方の辺境へと向かう途中の傭兵に乾杯しながら」

「そうだな、彼らの運命を案じずにはおられんよ」

「それ、本音？」

「さぁ、どうかな？」

黒猫は皮肉交じりに告げた。ガロウズはニヤリといやらしげに笑った。

黒猫のグラスにガロウズが注ぐ。そして二人とも再びグラスを手にした。

フェンデリオルの夜に様々な企みが隠されているのだった。

《第二巻　了》

あとがき

読者の皆様。お久しぶりです、作者の美風慶伍です。今ここに『旋風のルスト』の第2巻をお届けいたします。

第1巻で〝旋風のルスト〟と言う二つ名を得て名実ともに独り立ちしたルストが、より大きな仕事を掴むのがこの第2巻です。そして物語は西方辺境のワルアイユの地へと向かいます。そして、物語はいよいよ大きく動き始めます。

この第2巻で主要な人物が揃い始めることとなります。物語のキーパーソンであるバルワラ侯や、その娘であるアルセラ嬢です。特にアルセラとルストが物語のうえでどう関わり合っていくのか？　が物語の鍵になっていくでしょう。

イラストレーターであるペペロン先生の描いてくださった表紙にも描かれていますが、ルストとアルセラが並ぶと実にバランスがいいんですよね。細部に至るまで特徴を非常によく掴んだ素晴らしい表紙イラストだと感謝しております。

さて、2巻目の制作作業を行うにあたって特に感じたのが、Ｗｅｂ版と書籍版の、物語の構成要素の違いです。Ｗｅｂ版は物語の始まりからラストに向けて一本道であり、物語の進行の緩急はあれど、読者様を混乱させないように、視点をザッピングしたりお話を枝葉末節に寄り道をさせないように意識する必要があります。このためどうしてもＷｅｂ版では、主人公であるルストの見た視点から大きく逸脱することがなかなかできませんでした。そのため物語のわかりやすさ、捉えやすさを重視するために敢えて描かなかったエピソードが山のようにあります。今回の第2巻で追加で描かれたワルアイユのお屋敷での内部の様子などが代表例です。

しかしながら書籍版は、1つの本としての〝序破急〟のまとまりの方が重要であり、1つの本の構成として始まりから終わりまでうまくまとめられるのであれば、ルストの視点から離れたサイドエピソードを描くことが可能になるのです。このことに気づいた私は今回、ワルアイユでの裏側の事情をより丹念に描いてみました。この結果、作者である私自身が驚くような盛り上がりのあるお話の構成になったと自負しております。ぜひ楽しんでみてください。

本作を作るに当たり1巻同様に様々な方々のお世話になりました。

一二三書房の皆様方、パルプライドの皆様方、絵師のペペロン様、コミカライズ版の絵師の大嶌カヲル様、本当にありがとうございました。また前巻同様、多くの読者やファンの皆様方に支えていただきました。本当に感謝の言葉以外何もありません。

第2巻を作るにあたり担当者である金子氏には本当にお世話になりました。改めてここで感謝の言葉を送らせていただきます。また、書籍版の紙帯には夜見ベルノ様に推薦文を書いていただけることになりました。ベルノ様にはWEB版の初期の段階から本作品を御覧頂いておりましたが、見事に作品の本質を的確に捉えて頂いた素晴らしい推薦文をいただきました。まことにありがとうございました。

物語の歯車はいよいよ大きく動き始めます。第3巻にてどんな事件が起きるのか？　ルストたちがどのような活躍を見せるのか楽しみにしてください。それではまたお会いしましょう。

ありがとうございました。

美風慶伍

BRAVENOVEL
ブレイブ文庫

旋風のルスト2
～逆境少女の傭兵ライフと、無頼英傑たちの西方国境戦記～

2024年3月25日　初版発行

著　者　　美風慶伍

発行人　　山崎　篤

発行・発売　株式会社一二三書房
〒101-0003 東京都千代田区一ツ橋2-4-3
光文恒産ビル
03-3265-1881

印刷所　　中央精版印刷株式会社

■作品の感想、ファンレターをお待ちしております。

■本書の不良・交換については、メールにてご連絡ください。
株式会社一二三書房　カスタマー担当
メールアドレス：support@hifumi.co.jp

■古書店で本書を購入されている場合はお取替えできません。

■本書の無断複製(コピー)は、著作権上の例外を除き、禁じられています。

■価格はカバーに表示されています。

■本書は小説投稿サイト「小説家になろう」(https://syosetu.com/)
に掲載された作品を加筆修正し書籍化したものです。

Printed in Japan, ©Keigo Mikaze 2023
ISBN 978-4-8242-0126-3 C0193